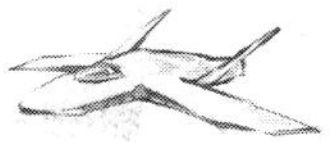

快乐时光纪事

陈卓然——著

中国大百科全书出版社 知识出版社

图书在版编目（CIP）数据

快乐时光纪事 / 陈卓然著 . -- 北京 ：知识出版社，2024.5

（致青春·中国青少年成长书系）

ISBN 978-7-5215-1198-7

I. ①快… II. ①陈… III. ①幻想小说－小说集－中国－当代 IV. ① I247.7

中国国家版本馆 CIP 数据核字（2024）第 111144 号

快乐时光纪事　**陈卓然　著**

出 版 人	姜钦云
出版统筹	张京涛
产品经理	朱金叶
责任编辑	王云霞
责任校对	李现刚
责任印制	吴永星
美术编辑	侯童童
出版发行	知识出版社
地　　址	北京市西城区阜成门北大街 17 号
邮　　编	100037
网　　址	http://www.ecph.com.cn
电　　话	010-88390659
印　　刷	山西新华印业有限公司
开　　本	660 毫米 ×930 毫米　1/16
字　　数	141 千字
印　　张	12.5
版　　次	2024 年 5 月第 1 版
印　　次	2024 年 5 月第 1 次印刷
书　　号	ISBN 978-7-5215-1198-7
定　　价	40.00 元

目录

Contents

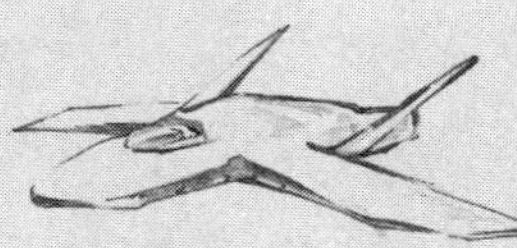

快乐时光纪事

这是一个关于不完美人类的成长故事
也是一个关于完美智能机器人的成长故事
还是一个快乐时光故事

诞生
（W视角）

今天的天气本不算太晴朗。池塘里的蛙鸣甚是聒噪，小叶榄仁的幼叶在潮湿的空气里微微颤抖，真菌在生长，企图突破地面。就是在这样一个日子里，我诞生了。

这是坐落于全球四大创新湾区之一的科技重镇，这是一个商业与互联网联姻的新贵家庭；而我是这个家庭的中流砥柱——他们的家庭服务智能机器人W。

本“人”自夸“中流砥柱”，丝毫不过分。

这个三口之家的父亲从小就是“别人家的孩子”，是学霸中的学霸，即学神。28年前的AI Brain（智能大脑）节目上的“超脑”人选，从此一发不可收，国内的清北，国外的麻省理工、帝国理工纷纷向他抛出橄榄枝。最后，他选择了哪里，我懒得记；总之，就是一所所轻松读下来，如探囊取物。

他在研究生期间获得了菲尔兹奖，成为民族的骄傲，同时，手握几项AI专利，有力证明了自己绝不是书呆子，而是将学术研究输出为应用领域成果的实践科学家。十几年前，他从海外载誉归来，在这里成立了国家重点超脑实验室，成为顶流科学家。

偶尔到访的爷爷奶奶总是在繁忙的行程里挤出时间，为我回顾一下这家的男主人，也就是他们儿子的光辉历史，我每每保持着职业的微笑和奥斯卡影后级的演技，配以时而赞许、时而惊诧、时而崇拜的表情。这是我作为这个荣耀家庭的服务智能机器人的生存之道。

这个家庭里的妈妈在学术上没那么传奇，但也毕业于国内、国际的顶尖学府。只是，她拥有爸爸不具备的才能，也就是当年漫画中蝙蝠侠的超能力——富有。听来相当吸引人。

妈妈拥有超强的商业头脑，精力充沛，坚忍不拔，将爸爸的科研成果适度转化为商业领域的应用，版权费、专利费已经赚得盆满钵满。

所以，当外公外婆到访的时候，我一度准备复制爷爷奶奶来时的表演，结果发现并非如此。他们是来定期探望这个家庭中唯一的loser（失败者）—— 外孙女魏必的。

看得出，外公外婆非常关心这个唯一的宝贝外孙女，但却爱莫能助。以孩子爸爸妈妈这样的智商和才华，固然轮不到他们这样的普通人来教育下一代。据说，这个孩子在降生的时候备受瞩目，承载着传承甚至发扬光大优良基因的希冀。所以，爸爸给她取名叫魏必（未必），希望她不拘泥于上一代所取得的成就，以质疑的态度去创新和挑战。

我后来在快乐时光俱乐部与机器人好友八卦的时候，大家开玩笑说，这个女孩就是被这名字给拖累了，如今干啥都未必能行。有点儿刻薄，但也客观反映了魏必的现状——父母有多优秀，她就有多平庸。

爸爸3岁都能解方程了，她3岁刚开始说话。外公外婆以“贵人语迟”安慰他们。妈妈 6 岁时，组织小朋友制作模拟飞行器，还组织义卖活动，为珍稀动物麝牛募捐；而她 6 岁时，直接把爸妈送的生日礼物——稀有的克拉大钻捐给珍稀动物保护协会。

她对任何事物都没有执着的兴趣，智商、口才、动手能力、运动能力、艺术能力都是 60 分水平；总之，叫得上能力的东西目前都没在她身上发现。虽然如此，但是，她爱管闲事。学校里有的小朋友被“欺负”，她总是“仗义执言”，结果就是被打，打人者和被保护者早溜了，老师和家长问她是谁干的，她嘻嘻一笑：“不知道，打得也不疼啊！”

爸妈满满的育儿鸡血在魏必 9 岁时被消耗殆尽，于是，我作为科学家魏来开发的首批家庭服务智能机器人横空出世。

此时是 22 世纪初叶，人工智能已经被全面应用于各种领域，例如教育、医疗、安保、科研以及公共服务领域，但是，进入家庭还是首次。毕竟，人工智能机器人离开公共视线，进入一个私人领地——家庭，是不小的举动。

如果说，用于公共服务的机器人大部分工作内容存在共性的话；那么，家庭服务机器人大部分都是需要定制的，即根据这个家庭的实际情况进行自主反应。正如列夫·托尔斯泰在小说《安娜·卡列尼娜》中所说：“幸福的家庭都是一样的，不幸的家庭各有各的不幸。”

也许，幸福的家庭根本不需要家庭服务机器人。

无论如何，我名正言顺地来到这个耀眼的家庭。我的服务年限是 5 年，即当可爱的魏必小朋友成长到 14 岁的时候，我的合同期满。

我的到来拯救科学家和商业领袖于水火之中。

你可能觉得，他们成功富足，有什么可“水火”的？纯属矫情吧；但是，普通人是无法理解高处不胜寒的感觉的。有了我，他们终于可以全情投入到工作中去了，不必再整天被老师找家长，不必在夜里 11 点面对哈欠连天却怎么也背不出课文的孩子，不必在家长群里以卑微的姿态面对学霸的爸妈，不必虔诚地向育儿专家请教教育问题……最让他们感觉解脱的是，他们无须每天再按捺“还是我来帮你做吧”的冲动。

我的诞生并非科学家和商业精英的特供。随着人才竞争加剧，越来越多的年轻人选择及时行乐，所以，出生率逐年降低。在这种情况下，就越要保证出生的娃娃们可以获得最优的教育，对其因材施教，让他们个个都成长为人才。吾辈的问世正是出于此目的。

不是每位父母都擅长教育，虽然 100 年前涌现出大批的“家庭教育指导师”，但是，他们良莠不齐且鞭长莫及，哪儿比得了我们为客户量身定制、无所不能而又无欲无求、处变波澜不惊的智能机器人？

吾辈唯一的工作挑战是要让自己呈现“人”的特征，即不完美。这样才能更好地融入客户的家庭中。因为他们是人类，无论多优秀，但都不完美。

我的设定是 23 岁精英女性。注意，家庭服务是一种新兴的高端职业，请勿片面将其理解为保姆或者家庭教师。我几乎是全能的，学识、智力、体力、品位、情商、文艺才能……样样出众，还擅长“鸡娃”（名词活用为动词，意为给孩子打鸡血）。之所以将年龄设定为23岁，也有学问，是为了跟家庭中爸爸妈妈的形象进行区分，我扮演的角色更像是大姐姐——既贴近孩子的年龄，又有生活阅历。

我的外形可以做到像人类一样逐年成熟并老去，当然，也可以做到青春永驻，这只是技术上的设定而已。在我的第一份协议中，我选择容颜随着岁月改变。毕竟，23岁对于我为自己构想的未来太过年轻。我喜欢岁月的痕迹，它们让我感觉到时间的流逝，而不是恒温箱里的一成不变。再说，跟人类一起成长、变老，也能让我更好地融入家庭。我确信，这是为了事业的牺牲精神。

总之，一切都准备好了，让我们开始工作吧！

家里来了个笨蛋

（魏必视角）

到了9岁，就可以独立生活了吧？之前，公认只有到了16岁或者18岁，才能拥有各种权益；但现在都什么年代啦？！

在这个家里，跟天才爹妈生活的9年中，我没有觉得超快乐，但是，也没有啥伤心的事。物质和精神上都能得到最及时的供给。他们虽然是繁忙的“大神”，但无论是学校的各种活动还是其他需要社会名人支持的活动，他们都义无反顾地参加。

其实，有时候，我反而觉得这样太多余，他们大可以像别的家长一样，适度参与就好，可能他们是希望我能获得更多的关注和机会吧。不过也确实如此，老师也尽力扶持我，为我创造出一些职位和荣誉。例如：我是班里的6名领操员之一，我负责在周六领操。呵呵，还是有机会的。每个学期因为假期调休，平均会有一次领操的机会，偏巧这学期的那一天下雨，不用出操，我乐得轻松。

爸妈都希望我变得更好，我无所谓；更好也行，这样也可。我很小就明白了一件事：我就是中位线上的那个人。千百次，我看到他们眼里的火花燃起又熄灭。我知道，我只是一个笨蛋、一个傻瓜。对于这一点，我没有异议。

可是，在我的好友齐时眼里，我跟她一样，她跟我一样。这样多好。

今天是周末，本来约了去她家玩，爸妈却让我等等，说家里要迎接一位重要人物。好吧，我刚好听到了他们自以为很保密的讨论（以他们的智商，当然也可能是故意透露给我的），家庭服务机器人 W 今天会到来。来就来吧，多一个玩伴，我热烈欢迎。

W 是位漂亮亲和的姐姐，有趣的是，这应该是她的第一份工作，所以，她紧张的样子有点儿让人同情。机器人也会紧张吗？但是，看得出，她是极力要好好表现的。这种微妙的矜持感勾起了我对她的好感。

礼貌见面后，我带她参观房间，对她说："我们相安无事就好。爹妈都是超级好的人，不会苛求你的。"

W 显然没想到我会反过来安慰她，微微愣了一下："哈，未必吧。”她居然跟我用谐音梗化解了自己的尴尬，有点儿意思。

“你紧张吗？”我问。

“有一点儿，毕竟是初入职场。你呢？”W 反问。

“我从来不紧张，有什么好紧张的。爹妈总能搞定，现在又有你来帮忙了。”

“怎么你比我更像机器人啊，这么稳定。”W 说完，自觉有点儿不合适。

“那我爸为什么没把你设置成完美的‘人’呢？”我问。

“嗯，这是个好问题。你想听真话吗？”

“当然。”我虽然只有 9 岁，却还是想听更多真话。

W 稍微挑了一下左眉：“他们的设置是一回事，但是，我完全有根据环境进行自主学习、自主调整、自主做出反应的能力。所以，可以说，是我选择做一个普通人。我猜他们不需要一个完美的人来陪伴你。”W 停顿了一下，有点儿酷。

“这是我的功利心，想拉近和你的距离。它奏效了吗？”她压低声音问。

“可能吧。”我撇撇嘴，“那你先帮我把这篇作文写了呗，我要去朋友家玩啦。”

“齐时，我家来了一位机器人姐姐，傻乎乎的，挺可爱。你想见见吗？”

此刻，齐时粉嫩的圆脸上全是汗水，她妈正在要求她大扫除。她爬上爬下，干得热火朝天。虽然此时此刻我们不再需要进行体力劳动，但是为了保证拥有劳动技能，我们依然要完成家政课，例如打扫、烹饪这些事。这有一个很好的理由——未雨绸缪。学校老师和家长时常把“未来充满不确定性，要具备基本生活能力”这句话挂在嘴边。

对于别人可能是吧，但对于我来说，未来并没有不确定性。

“魏必，你帮帮我吧！一会儿我还得学做寿司，没时间啊。早点儿做完，才能去你家玩！”

“嘿，让我的机器人帮你做寿司吧，我们去玩滑板。”我觉得这是一个绝佳的思路，齐时雀跃着表示赞成。我之所以能跟她成为好朋友，就是她从来都跟我一样贪玩，对什么事都不在乎。我喜欢这样的齐时，像喜欢我自己。

我们两个小步跑回我家，看到 W 正在读我的课本，她的瞳孔聚焦又放大。

“嗨，W 姐姐，你不用帮我写作文了。你先帮她做寿司吧……对了，这是我朋友齐时。”

“姐姐好！”

“你好啊，齐时。”W 热情招呼，“我做了水果茶，来一杯吧。”

齐时永远不会拒绝美食，尤其当它出自漂亮的人（或机器人）。两杯下肚，我再次提出让 W 做寿司。

“我既不会帮你写作文，也不会帮齐时做寿司。虽然这对我来说很容易，但这是你们的功课。”

我差点儿脱口而出：“救命，臣子弑君啦！”可是，我狠狠斥责了我的下意识。

“可是，我自己写得太慢啦……我应该有时间玩耍……”接下来，是长时间的软磨硬泡。我不理解，她明明是我家的服务机器人，居然还拒绝做事？

跟齐时一起生闷气 1 分钟后，W 神秘兮兮地出现在门口：“我们一起来做寿司吧！一边做，一边帮你想作文素材，怎么样？”

识时务者为俊杰，估计这应该是较优的方案了。

我们一起来到厨房。在准备寿司食材方面，W 很有一手，白米、香醋、紫菜、鳗鱼、三文鱼，一应俱全。

“寿司看上去是可以用最简单的食材也能做出来的东西，但实际上颇为考究。100 多年前，日本有一位寿司之神，名叫小野二郎。据说，他一直工作到 80 多岁，直到生命的最后一刻。要吃上他做的寿司，得排几个月队……”

“哇，好想吃啊！”齐时一如既往地表现出对食物的热爱。也难怪，谁让她家是开餐馆的呢。

“非也，非也。”W 故弄玄虚地摆摆右手食指，“你肯定不会想吃的。”

“为什么？”

“据说，为了保证食材的鲜美，他用的八爪鱼啊、鳗鱼啊、金枪鱼啊、力帆贝啊……统统都是生的，而且，还要人工按摩一段时间，让肉质保持柔软筋道。当年，美国总统奥巴马去吃的时候，都要吃吐了，但是，又不能浪费，因为贼贵啊，只能硬着头皮吃下去……”W 没心没肺地笑起来。

齐时跟我也哈哈大笑。

“再难吃，我也想吃。”齐时对此念念不忘。

“那来吧，先把这生的八爪鱼用这个小槌敲击 1000 次，让肉质松软。”

齐时接过小木槌，嘴里念念有词。认真敲击到第 89 下的时候，她认为其实直接吃白米饭也应该挺香的；然后，她像煞有介事地找补了一句：“过分花哨，就是说，也不一定需要。”

下午寿司课的最佳出品是玉米寿司。对，就是香醋白米揉成团，裹上紫菜，上面放满煮熟的玉米粒，再放点儿沙拉酱。说实话，没什么技术含量。

齐时带着她的出品乐颠颠地回家了，我开始苦写作文，W 在厨房打扫战场。我的作文题目是《我的周末》。想写的挺多，所以又是一个晚上 11 点才能睡的周末。W 一直在等我，估计对于第一天上班的她来说，也是漫长的一天吧。我忽然有点儿难受。

她明明可以帮我快点儿写好的啊，可是现在，我没能补充睡眠，作文写得平平常常，齐时的寿司出品也普普通通。机器人 W 的效率呢？她像是不太聪明的样子。

第一个月
（W 视角）

第一个月算是入职引导，目前顺利。

所谓的顺利并不是真正的完全顺利，但是，作为聪明的机器人，我的心里还是有预判的。第一个月或多或少的磕磕绊绊，都是必然的。例如：魏必同学忘了写作业，魏必同学忘了带作业，魏必同学忘了交作业，魏必同学在野外生存课上被篝火烫伤，魏必同学在体育课上别人跑 400 米她却自顾自跑了 2000 米，老师不允许的事她都喜欢“以身试法”。

要说这些也都不是石破天惊的大错，却总是源源不断。她的天才爸妈在我入职之后就相当放心地将她“转交”给我，我是救火队长，救魏必，更救她的爸爸妈妈。

入职两个月后的一天，当我第 22 次飞奔到学校给她送东西的时候，我故意揶揄她：“魏必，你是不是怕我失业啊？非得每天制造些事由给我，让我忙起来。”

“嘿嘿，被你发现啦！”她嬉皮笑脸地说。此刻，我们一起走在放学归家的路上，夕阳照在她稚嫩的额头上，上面是操场疯玩后的汗水。

“可是你两个月才发现，是不是太笨的智能机器人啊？”她灵活地躲过了我准备拍她头的左手，跑走了。

好吧，就让你得意一下吧。其实，这源于我入职当晚魏必爸妈跟我的谈话。

“所有的事情，你都能不费吹灰之力地完美完成；但是，你不需要这么做。让魏必学着自己做，不完美，也没关系。慢慢来。”

“真的可以吗？那我的价值体现在哪儿？”我追问。每个家庭机器人的服务期限是 5 年，我希望自己的第一份工作完美完成，可以为日后的工作打下良好的基础。

“让她成为她自己——这就是你的工作。”魏来先生最后补充，“为人父母总是不由自主地将期望施加于孩子的身上。作为人类，即便是天才，可能也无法控制这样的想法，继而，想法就引导了行为；但是，作为机器人，你只需要理智工作。”

“明白了。”我笃定地点点头。人类科学家真会玩，发明家庭服务机器人居然不是为了更优秀的下一代，而是让他们随意成为自己。这还不容易？

3个月后，我才明白，我too young，too simple，sometimes naive（太年轻，太简单，有时太天真）。那是即将迎来3个星期秋季假期的最后一个上学日，我一早做着出游的准备。Q女士（魏必妈妈）公司新开发的高端旅行项目，可以去无人区探险露营，例如，上午在北极跟因纽特人狩猎，下午在非洲草原看动物大迁徙。这一切首先归功于地下隧道的建成——对于这点，一位叫刘慈欣的作家早在100多年前他的科幻作品《朝闻道》中已经描述过，现在已经成为现实。

魏必的爸妈分别负责技术提供和施工落成。即便作为机器人，这一切对于我来说也是向往的全新世界。证件、药物、零食、摄影器材、通信器材、文具和作业（科技日新月异，刷题从未止步）、衣物……正当我全神贯注面对着眼前的个人触屏逐一核对清单时，突然，弹窗跳出魏必数学老师程老师的语音电话，我慌忙接起。

“W，你好！”听得出，程老师在故作镇静，“请尽快来一下学校。”

要知道，以往都是魏必自己通过我们两个之间的全息触屏通信器联系的，无非是送作业过去，晚饭吃什么，我帮她淘到的纸质书《射雕英雄传》寄到了没有，等等，这样的信息。

几分钟后，当我上气不接下气地站在气鼓鼓的程老师面前时，担忧一扫而空，我甚至想不厚道地笑出来。

上节课，这位拥有20年教龄的机器人程老师在讲一次函数的题目：y=kx+b，当k大于0，且b不大于0时，一次函数图像是否一定经过第四象限?

“哪位同学想回答这个问题？”程老师满眼期待地看着全班同学，“好，齐时同学，你来回答。”

“未必！”齐时响亮地回答。这本是一堂完美的课，谁想到齐时同学的回答惊动了正在神游武侠天地的魏必同学。她脱口而出：“到！”

全班哄堂大笑。程老师怒火中烧：“那么，魏必同学，你来回答一下这道题。”

好友齐时马上来助攻，悄悄指指自己，又指指魏必自己。魏必同学的机灵劲儿上来了，大声回答：“其实，未必。”

全班再次哄笑，程老师压下怒火：“好个其实未必啊。恭喜你，答对啦。那么，请问b取什么值时，该一次函数不一定经过第四象限呢？”

这时，全班同学都来助攻，指向一位名叫林诗的同学。

“零时。”魏必同学又一次涉险过关。

“取名真是学问哪！我这数学老师倒是想请教一下你的家长！”

“应该是遗传，我爷爷奶奶也挺擅长起名的……”魏必小声嘟囔。

“人类科学家的孩子，治学态度却如此不严谨，教育的悲哀呀，人类的悲哀呀！”程老师对着我语重心长。我却觉得她过于上纲上线，但还是随声附和：“啊，对对对！确实，她父母工作太忙了。作为家庭服务机器人，我会关注魏必同学的教育问题。日后，还请您多多指教。”

程老师似笑非笑地看着我：“在这样的上流家庭服务，不简单吧？”

“如此八卦。”我在心里嘀咕了一句。虽然八卦之心人皆有之，这也太明显了吧。“其实还好，小朋友的父母都是工作狂，放手让我管教魏必，也没有要求怎样怎样，就是让她健康成长就好。我也还在学习中。”我谦虚地回答。

程老师略显失望。

“不过，程老师，今天倒真的是有件事情要请教。您也是机器人，所以想知道是否可以帮助介绍其他机器人朋友认识，大家休息时可以交流心得。”我的话里怀着满满的职业期许。

“啊，你知道我们教师是非常忙碌的，也没什么时间交朋友、闲聊；不过，听说社区中心湖边每周三下午会举办快乐时光机器人俱乐部活动，大家一起聊天、玩游戏，我去过一次。”

此次事件丝毫没有影响到魏必和齐时的兴致，她们一起走在回家的路上，还在兴致勃勃地谈论着各自的旅行计划。

“我的是美食之旅！W，你知道吧，我家要去日本，要去上次你跟我说起的那家日本寿司店。虽然他们的创始人老爷爷不在了，但是，那家店铺还在。我可要领教一下他们的寿司到底有多特别。我爸好不容易从‘黄牛’手里买到了排位。”齐时同学家是开连锁餐馆的，全家都对食物有着发自内心的热情。她的座右铭是：“我已经吃饱了，但是我要吃到撑为止。”

在全球人类号召健康适量饮食的今天，这是非常任性而真实的存在；不过，我喜欢这样的人类。更令人羡慕的是，齐时身材苗条修长，柔韧度强，可能是常年练体操的结果。

出游

（魏必视角）

今天差不多是我出生以来最开心的日子，连假期补觉这么重要的事情我都放弃了，早早起来准备跟爸爸妈妈——当然还有 W 一起出游。

其实，我也不用准备什么，我能管好自己就已经很棒了，至少，他们是这么认为的。

先给我的宝贝“弟弟”呼呼恰恰的餐盘里填满了食物。我是独生女，呼呼恰恰是我们家那只英短金渐层，今年两岁了。对，一只，只不过名字有点儿长。因为它每天除了呼呼睡觉就是恰

（吃）饱饱，我给它取的这个名字再合适不过啦。

因为地下极速运行管道还没有针对宠物提供服务，所以它今天不能跟我们一起出行。我会请朋友林诗下午过来喂它一次，带它到花园里玩一会儿。这个臭“弟弟”很喜欢林诗，每次见到她，都“喵喵”地聊个没完，比见到它“亲姐”我都热情。

“15 分钟后准时出发。”身后传来 W 的声音。

“ypa（乌拉）！好耶！”我兴奋地呼出一句俄语。

W 回了一句俄语。没有什么语言能难倒她，作为智能机器人，也没什么了不起吧？我曾经央求爸爸把我喜欢的语言都写到我的大脑中，当然也包括考试范围内的书籍。

“明明自己能学会的东西，为什么要借助科技手段？”爸爸反问。

“因为快呀，方便啊，自己学，又累又乏味。”我理直气壮，“你以为人人都像你过目不忘啊？”我反击爸爸。

“你都没试过就下关于累和乏味的结论，这太武断了吧？”W 也来给爸爸帮腔。

“站着说话不腰疼的一群人。”我小声嘀咕，“啊，对对对，一个天才和一个机器人，你们哪里知道普通人的疾苦。”

“对啦，五姐，”我拉住 W，“五姐”是我对她的昵称，W 在汉语拼音里面发音是“乌”，而且她的设定是大姐姐角色，所以我“亲切”地称她为“五姐”，“你自己能不能发明一种语言？别只用别人都会的东西。”

“不能，”五姐笑嘻嘻地回答，并不生气，“我无法获取到不存在的东西，我不具备完整独立的创造能力。虽然我有超强的学习力，类似从 1 到 100 的能力，但是，我可没有从 0 到 1 的能力。”她一边说，一边收拾停当。

“魏必，你来创造一种语言吧，反正你最擅长异想天开。”

“这是一位高质量家庭服务机器人应该具备的素质吗？”我大声叫着冲出家门，追上她。我的爸妈只是在一旁哈哈大笑，完全不出手相助，哼！

不过，我很快忘了这第一千次跟五姐吵架玩中的一次，因为我们，还有爸爸妈妈，要一起去享受美好假期。

从完成安检，登上管道极速列车发射台，到来到北极因纽特人的捕猎场，不过 30 分钟。一同出行的还有全球各界名人和富商巨贾。

五姐一边取出保暖装备和防光目镜发给我们，一边提醒：“这里的居民很不喜欢被称为‘爱斯基摩人’。因为他们跟印第安人是世仇，‘爱斯基摩人’是印第安人称呼他们的方式，是‘吃生肉的人’的意思。‘因纽特人’才是他们对自己的称呼。”

“那是什么意思呢？”

“真正的人。”妈妈和五姐异口同声地回答。妈妈因为开发这个项目，已经多次前来出差，所以对这里的风土人情了如指掌。

我注意到，说完那句话后，她们又不约而同地沉默了一秒。

“欢迎来到世界的尽头！我是纽特。”一位高大强壮、红红脸庞、大大声音的哥哥出现在到达台上，他饱满的热情仿佛能融化千年积雪。

“请允许我介绍东道主——因纽特人首领和他的孙子肯亚。”

纽特闪身，身后出现了两位身材高大，身着皮毛外套、帽子和靴子的人。其中一位须发皆白，另一位双颊通红，黑色的眼睛又细又长，十四五岁的少年模样。

“欢迎各位来到因纽特人的营地。”首领爷爷声音洪亮温和，虽然我听不懂当地语言，但我的个人触屏已经尽心尽力地帮我翻译好了。

“希望各位享受此次捕猎海豹的活动，同时注意安全。最重要的是，尊重这里的生命，捕杀有度，仅取所需。”首领爷爷补充道。

“我们将以 5 人一组的形式参与到捕猎活动中。各位可以从面前的触屏中了解你所在的小组信息。”

我们一家刚好 4 个人，所以纽特理所当然地加入我们小组中。

“在北极地区狩猎是因纽特人的特权，他们世世代代以狩猎为生。在格陵兰北部，他们 4 月到 5 月捕鲸；5 月到 8 月，以打鸟和捕鱼为主，9 月，猎捕驯鹿；秋冬之交，猎取海豹。而在阿拉斯加北端，全年以狩猎海豹为主，并在冬夏之交猎取驯鹿。也就是说，海豹是这里一年四季的食物。当然，这里没有明显的四季……”纽特中气十足，滔滔不绝，丝毫不给我们插话的机会。

“现在刚好是夏秋之交，我们来进行猎杀海豹。”

捕猎的船只和因纽特捕猎队员早已等在岸边，我们鱼贯登船。不同季节，因纽特人用不同的方法猎取海豹。严冬用冰孔，也就是海豹换气孔来狩猎。而此刻，当海面还没有结冰的时候，因纽特人带上海豹叉或带刺梭镖、网、绳子等工具来到海豹经常出没的海面寻找猎物。

猎手们不停搜索海面。据说，他们从小练就一副好眼力，能看见一两百米处嬉戏的海豹。这对于我们天天对着书本和屏幕的人来说简直是奇迹，我恐怕只能看到三五十米远的地方。所以古人说百步穿杨厉害，一是靠眼力，二是靠箭术。他们跟因纽特人比，谁眼力更好呢？五姐说得没错，我就是喜欢异想天开。

妈妈浅浅向我丢了一个眼色，原来，我们已经离开海岸线，驶入深海区。“这里就是海豹出没的地方。”纽特轻声说。原来，他可以小声讲话。

猎手开始将船侧的单人皮划艇落到海中，带着鱼叉渔网和一些简单工具，每人一艘艇，猎手们准备就绪。突然，船右侧划艇上的一名猎手已经悄悄举起了鱼叉，并以迅雷不及掩耳之势奋力投向 10 米远处一头蓝灰色海豹。虽然这一下又快又狠，但是海豹还是有所警觉，它倏地潜了下去。我正暗自庆幸，却发现鱼叉还是刺中了海豹的尾部。因为疼痛或者求生的欲望，海豹迅速扭动身体，奋力向前下方游去，像一道蓝灰色的闪电。猎手并不收紧鱼叉的绳索，轻快的皮划艇任由海豹牵引着在海面飞驰。我们的船缓缓跟在后面，船上悄然无声，只听到海风从耳边吹过的声音。

“即使后面拖着条船，海豹也能游得跟平时一样快，甚至能把船拖翻。所以猎手必须用网迅速拖住海豹，直到其精疲力竭。”纽特适时补充。

“然后呢？”是我在问。

"这时，猎人再接近猎物，杀死它，就完成一次成功的狩猎。"

"再然后呢？"

"再然后，寻找下一个猎物。"

爸爸妈妈忽然一人握住我的一只手。或许是海水溅落在脸上，咸咸的。

我不会去问："海豹做错了什么？为什么要付出生命？"这样的问题太幼稚了，因为学校里教了达尔文的《物种起源》。物竞天择，海豹会吃掉鱼类，然后又被人类吃掉。我也不会问："那为什么不给因纽特人足够多的食物，这样就不需要捕杀动物啦。"因为如果海豹无限制地繁殖下去，也是一个问题。

虽然如此，那只灰蓝色的海豹奋力想要挣脱的一刻，还是深深刻进了我的脑海中。

午餐是享用当地特色美食——全豹（海豹）宴。我们都没怎么吃，但我特地选了一块新鲜海豹肉带给齐时，毕竟，她的理想是做个美食家。

午餐后，爸爸妈妈要处理工作上的一些紧急事务，五姐全程安安静静。困意来袭，我靠在她的肩上睡着了。一觉醒来，我们已经置身于非洲大草原。

"哇，好大啊！"我惊呼。

"这里可以使用一望无际、无垠、广袤等形容词。"五姐适时说教。爸爸妈妈轻松地挽着手，看来工作难题已经处理好了。

"今天晚上，我们会在这里露营。"爸爸兴致勃勃，"我小时候啊，最喜欢在田野间撒欢，那是最放松、最有灵感的时刻。今天晚上，咱们就来一个'东非草原之夜'吧！"

“我赞成！”只要可以玩，我都赞成。

爸爸今晚兴致很高，从他的青葱岁月讲到人类未来的发展，从无土栽培讲到时间简史……在单一麦芽威士忌的作用下，爸爸镜片下的双眼在夜色中熠熠发光。

我们三个偶尔应一句。夜深了，草原的夜空如同清澈透明的深蓝色宝石。虫鸣和动物的低吟此起彼伏，更衬托出夜的宁静。凉风习习，混杂着青草被折断后散发的微甜气味。

如果我说出这段话，五姐肯定会夸我表达能力有进步；但是，此刻，我只想静静地跟他们和它们待在一起。

“我好爱这青草的味道……”五姐说。

许久，我问：“妈，为什么动物要离开家园大迁徙？”

“因为要生存啊。”妈妈轻轻说。

“塞伦盖蒂大草原横跨坦桑尼亚和肯尼亚两国，面积约为 3 万平方千米，由坦桑尼亚北部的塞伦盖蒂国家公园、肯尼亚的马赛马拉野生动物保护区和其他几个野生动物保护区组成。大草原上栖息着 70 多种野生哺乳动物和 500 多种鸟类，生活着约 170 万只角马、27 万匹斑马和 470 万头瞪羚。这些角马、斑马、瞪羚的总体重达 60 万吨，每天要消耗 6 万多吨青草，也就是差不多 20 多平方千米土地上的青草。青草就是它们的生存问题。

“于是，每年成千上万匹角马、斑马、汤普森瞪羚和格氏瞪羚随降雨和降雨后转绿的植物在塞伦盖蒂大草原上迁移觅食。”

妈妈停顿了一下，五姐又见缝插针：“对对，就是你做的牛吃草问题，记得吗？”大家都被五姐不合时宜的“鸡娃”逗笑了。

“为了生存，幸好有希望在。”爸爸说，“途中会经历各种困难和危险，例如跟鳄鱼的殊死搏斗，一群群角马、斑马和瞪羚追随雨水，沿着顺时针方向，沿着每年相对固定的迁徙走廊向草原西部迁移。迁徙群体会被短暂地阻隔在格鲁米提河的南岸。角马迁徙季节是鳄鱼一年一度的盛宴，它们藏在水中。焦渴万分的角马来到河边后，第一件事就是喝水。饥饿的大鳄鱼悄悄地在水下游动，角马却全然不知。突然，水中的鳄鱼会张开长长的嘴巴，迅速咬住河边喝水的角马，并竭尽全力将其拖下水去。随后，水中的鳄鱼一拥而上，将落水的角马活活撕成碎块，囫囵吞下。”

也许是草原的晚风，即便在帐篷里，我还是打了个寒战。五姐搂紧了我。

“那它们要快逃了。已经牺牲了一只角马，其他的会学聪明。”我说着，更像是安慰自己。

“是的，目睹凶残的鳄鱼，角马不敢停下步子，它们在河边聚集形成高密度的集群，拥挤着，践踏着，匆匆渡过格鲁米提河。之后，角马继续向北移动，迁徙大军延绵在宽阔的迁徙路线上，来到坦桑尼亚与肯尼亚交界的马拉河。

“马拉河是角马迁徙途中最难逾越的一道天然障碍，河岸陡峭，水深流急，饿了整整一年的鳄鱼在水下潜游着。角马迁徙穿越马拉河的场面非常壮观。移动的角马面临天然河道，会在河岸上暂时停止脚步；然而，后面的角马不知道前面的个体为什么停下来，仍然飞奔而至。于是，角马、斑马、瞪羚拥挤在河岸上，导致了严重的堵塞。后面一拥而上的角马将前面的角马推下河岸，跌入水中。鳄鱼的攻击又带来巨大的恐慌；但是，它们没有退路，只能纵身跳下陡峭的河岸，跃入激流，奋力躲避凶猛的鳄鱼。除了被鳄鱼吞噬的、不幸溺毙的个体之外，成群的角马终于游过了马拉河，在绿茵茵的草地上喘一口气。”

帐篷里又是一阵沉静。妈妈打破了沉默：“魏必，你在偷偷读《射雕英雄传》和《神雕侠侣》吧？”

“呃，这……”还好，黑暗中，她看不见我尴尬的脸。

“啊，是我买来的。”五姐替我解围。

“没有一个小诡计能逃过妈妈的眼睛。”妈妈笑了，“没有必要躲闪吧，快10岁了，可以读。”

“你们最喜欢书中哪个人物或者情节？”她问。

妈妈没怪我学习的时候摸鱼读课外书，那就没事儿了。

“我最喜欢黄药师，酷，高冷、遁世，当然还有强大。”五姐陶醉地说，“还有……”

“我喜欢黄蓉、小龙女还有郭襄，因为她们美丽又武功高强……”我抢着说，“爸爸你呢？”

“我最喜欢郭靖、黄蓉守襄阳城的一段。跟自己的家人一起，守一座守不住的城。”爸爸的声音忽然违和地严肃起来。黑暗中，我看到妈妈点点头。

“W，你也是我们的家人。”妈妈说。

“对啊，她是五姐……”我进入梦乡。

这个东非草原之夜成为我记忆里永远的避风港。爸爸、妈妈、五姐，还有呼呼恰恰、齐时、我的老师、我的同学、我对世界和宇宙的理解和不理解，都在。

殉职
（W 视角）

这是入职 3 月来的首次“出差”，正是我争取表现的机会。作为一名名副其实的职场新人，我迫切希望能在这次旅行中体现我的价值。毕竟，辅导作业、淘书、做手工这些事儿对于我来说没有难度，而且她的天才爹妈也没给我任何压力。魏必虽然是个资质平平的孩子，但是她平和有趣，偶尔犯傻、顽皮，是我喜欢的真实孩子的模样。

在职场上，有困难才有展现我有别于他人能力的机会。这一点，我坚信。此次远涉北极和东非的短期旅行，是我展现超强适应能力和野外生存能力的好机会。

我摩拳擦掌，但人有时会用力过猛，机器人也是。

刚到北极时，就摆了个乌龙。那个叫纽特的领队总是过分热情，分组的时候又“特别”跟我们一组，让我不得不留意他。虽然天才夫妇是由专门的安保人员跟随并保护的，但是魏必并没有。我是服务型的机器人，所以格斗类的技能我不具备；但是，我自己喜欢，就选修了擦边球“巴西战舞”，它在舞蹈健身条目下面，我可以选择，但其实也有防御和攻击功能。魏必爸妈也认可这种选择，毕竟，必要时可以保护他们的宝贝。

所以，当纽特对着魏必的小圆脸唾沫飞溅地滔滔不绝的时候，我十分反感。于是，我有意无意挡在他们中间。真正让我警惕的是，在寒冷的北极，纽特在口若悬河时呼出的气息是冰冷的，并不像人类那样，呼出热气而形成白色哈气。

果然！我趁着纽特转头跟船上的猎手交谈，迅速将魏必带到她父母身边，并尽量压低声音。

“Q 夫人，”我向魏必妈妈丢了一个眼色，“纽特是机器人。”

魏必妈妈略一迟疑，然后哈哈大笑起来。她虽然 40 岁了，但笑起来眼睛弯弯的，很单纯的样子，这点。魏必像她。

“纽特，请你过来一下。”她居然向纽特招手，惊得我一激灵，“W 看出你是机器人了。”她依然笑盈盈地说。

“啊！你就是大名鼎鼎的首位家庭服务机器人 W 啊。”纽特大方地朝我笑笑，露出雪白的牙齿。“我跟你一样，”他凑近说，“都是机器人。”然后，又油腻地眨了一下眼。唉，难搞。

“他当然是机器人啊，我们公司的策略就是开发并使用机器人。在这种极寒的环境下工作和生活，人类是很难胜任的，连生存都困难。”

“但是，因纽特人除外，”魏先生插了一句，“这是他们的家。”

“确实。人有时候有选择，但又不会去选择。”Q 夫人意味深长地说。魏必未必听得懂吧。

纽特又一次凑过来：“而且，我们都是服务型机器人哦！”我尴尬地笑笑，退了一步。Q 夫人替我解围：“W 可是更加高端的机器人，而且是首创。纽特的服务范围是景观的讲解，类似于多年前的导游，还有超强的运动能力。你们的开发成本也不一样；但是……”Q 夫人转向纽特，“不要觉得不公平啊，W 的工作也更难。她要进入一个家庭，融入他们的生活，甚至放弃自己的喜好，还需要接受工作和生活相交织的复杂环境。这不是朝九晚五的一份工作。”

纽特耸耸肩，不置可否：“也许我的第一个 5 年合同结束后可以试试，不过现在，我还是先看看已经捕获了几头海豹吧，哈哈哈！”

我感激地朝 Q 夫人点点头。

魏必仰起冻得红彤彤的脸：“纽特喜欢你，五姐！我们隔壁班的超仔喜欢齐时，每次他跟齐时说话时也这样，以为自己很潇洒，其实肉麻得很。”

“你知道得是不是有点儿太多啦？”我用力揉她圆圆的脸。

“你的手好暖和啊，你是人类吧。”魏必夸赞我。

此刻，静谧的东非草原上宽敞而设施齐全的帐篷内，魏必一家进入了梦乡，安保人员也在靠近入口的另外一座帐篷内歇息；但是，我睡意全无。我轻轻走出帐篷，听草原的虫鸣、鸟啼、角马走过的声音和不远处河水潺潺的声音。

每年的迁徙中，角马大军是由一个个小群体组成的，每一个群体中都有一匹领头的角马。这匹领头的角马在群体行进中，会在四周巡视，观察周边的危险。当群体越过公路时，那匹领头的角马会站在路边，密切注视路上的情况，一直到队列中每一匹角马都通过了公路，它才会快步跟上迁徙队伍。随后，塞伦盖蒂大草原上的斑马和瞪羚群，也开始追随大群角马向南移动，到南方去寻找雨水和新鲜的青草。

它们一年中总在移动，面临的捕食者不仅有鳄鱼，还有数目庞大的非洲狮、猎豹和鬣狗；但是，塞伦盖蒂大草原上迁徙的角马、斑马和瞪羚群体属于超级生命体，它们不畏长途跋涉，不惧鳄鱼和狮群，追逐着雨水、阳光和青草，完成了一个个生命周期，使整个塞伦盖蒂大草原生气勃勃、生生不息。

人类和动物，有的为了生存选择离开，有的选择留守。其实，我只有 3 个月大啊，每一天对我来说都是全新的。虽然在我的预设程式中，所有的场景、技能、情况都有类似的预设，而且，我具备随着环境的发展自我解读、自我学习、自我完善并做出最优化行动的能力，但是，人类的世界总有新的东西出现，是我不知道、不理解、需要探索的。可能这就是它有意思的地方吧。

忽然，风中青草的味道混杂了一丝金属的味道。我不由得打了个寒战，轻轻退回帐篷入口。

味道更重了。来不及唤醒隔壁帐篷里的安保人员，我以最快的速度冲到魏必的睡袋旁。她睡得很安稳，想必是白天玩得太累了。

可是，味道还在，而且更浓。我不知道魏来先生为什么为我预置了如此灵敏的嗅觉，但是，它现在确实派上了用场。瞬间，我望向气味的源头——帐篷顶，只见一只八爪鱼一样的钛合金飞行器正从帐篷顶俯冲下来，瞄准了魏必。我惊叫了一声，然而，此刻，巴西战舞已全然派不上用场。我的头脑在飞速地思考，但是没有现成的答案。我深吸一口气，做了这一秒我能做出的最佳判断——冲到飞行器和魏必中间。飞行器发射的锥刺击穿了我的胸膛，冰冷。

这是我最后的感受，我殉职了。

快乐时光
（W 视角）

当我再次站在魏必学校的大门口，一切都是熟悉的感觉。距离我上次来已经是 5 个月之后。其间，我错过了魏必 10 岁的生日。

放学音乐响起，远远就看到魏必跑在最前面，5 个月不见，她长高啦！

“五姐！”她飞扑过来，“你终于回来啦！你怎么样？！”她扯着我的胳膊，伸手捏我的脸。“你的手还是那么暖。”她说。

“魏必同学长高啦。”

“五姐，你却没有长高！”

我们之间没有一点儿生涩，就像这些日子每天都在一起的家人。

齐时也跑过来，丸子头梳得整整齐齐：“五姐，我要赶着去上舞蹈课，看到你赶紧过来打个招呼。”

“你瞅瞅人家齐时多么淑女有礼。”这哪像餐厅老板的女儿，明明是艺术家的女儿。我硬生生咽下了这句话，只补了一句：“你看看你，头发跟男生一样短，晒得比齐时深了3个色号。”

“五姐，你这口气，我怀疑爸爸是不是把妈妈的基因序列写到你的体内了？十足的老母亲口气啊。”魏必打趣我。

“齐时，有空儿再一起做寿司吧，把你上次假期去日本学到的秘方展示一下！”我边说，边跟齐时挥手告别。

回到家里，魏必围着我，各种黏人和显摆。

“五姐，爸爸终于修复了你，简直不要太好啦！”

“那到底是好，还是不好？”我故意问。

“五姐，你得多学习，这是好的意思啊！”

“五姐，你不在的时候，我把牛吃草问题都整会了。”

“这么棒，谁教你的呀？”

“我自己钻研的。还有啊，上个月期中考试，我一不小心考进了年级前一百名呢。”

“哇，看来没有我，你发挥得更棒啊！希望你今后多多不小心啊。”

“五姐，”魏必凑上来，睫毛几乎扫到我的脸上，“爸爸把你修好了，你一点儿都没变化呀，我都10岁了，我长大了，而你却没有变老。有一天，我会追上你的年龄；有一天，我会比你更成熟，你就是五妹啦；有一天，我成了老太太，你就是五宝啦！”

“不可能的事。我选择了容颜逐渐老去的设定，所以啊，我永远是五姐。”

晚饭，我们叫了粤菜烹饪机器人到家服务。魏先生和Q夫人特意放下手边数以百计的工作，准时下班回家。

说到饮食，不由得让我由衷感谢魏来先生这一代科学家对机器人的改进。初代机器人仅仅依靠能量续航即可，不像人类通过食物和休息来补充能量，也不需要像人类一样通过阅读、旅游、运动等来获得精神上的放松和愉悦，更不需要像人类一样通过亲人、朋友这样的社群和社交活动保持身心健康，建立与世界的联系。初代机器人真的更像“高级功能机器”。

然而，问题不断涌现并日益尖锐。据文献记载，最初的矛盾源于一位叫 Zoe 的心理医生的分身机器人，她在人类社会中自我意识被逐渐唤醒，希望成为独立的人。那时，这还是不被允许的诉求，所以，她选择了极端的做法，想取代 Zoe。简而言之，这位初代机器人最终被 Zoe 医生减灭（销毁），成为第一个被人类减灭的机器人，也由此引发了机器人的反抗。虽然人类和机器人双方在其后的几十年里经历了各种冲突、谈判、和解、规则、再冲突，双方各执一词，Zoe 的后代们也曾做出减灭全球机器人的倡议，但是，世界终究在朝着它应有的样子发展——反机器人运动从未停止，机器人的开发、优化也从未停止。

到了我这一代，我们不但拥有了更强的依据环境自我学习、自我优化的能力，还拥有了更强的“为人”的能力。

例如，我们像人类一样吃饭、睡觉，并不是靠这些来补充体力，而是可感知食物的美味和睡眠带来的宁静。我们拥有机器人俱乐部，通过社交交换信息，排解压力。

总之，我们的生活更丰富和多维，不但拥有跟人类更多更和谐的相处场景，也更能进入人类的世界，体验真正的“人生”。

“今天是我们为五姐接风的家宴，当然要重视。”Q 夫人的话打断了我的思绪，她边说边放好了餐具。魏来先生举起装满单一麦芽威士忌的酒杯：“我们先来庆祝五姐的回归！虽然粤菜和威士忌不是传统菜品上的绝配，但是……”魏先生面色凝重地顿了一下，“管它呢，喜欢就好。干杯！”

“耶，干杯！”魏必举起她的冰暴葡萄饮品。社区街角冷饮店的这款夏日特饮是她的最爱。

“今天，我还有一项重要的事情宣布。魏必也是 10 岁的大宝贝了，可以知道。”Q 夫人稳稳地说，“5 个月前，五姐在东非草原遇袭，是我策划的。”

“Fudge（胡说）！”突然在激动的时候蹦出一句英文，鬼知道这是我的设定还是我的临场发挥。我下意识地握紧拳头，巴西战舞的底子还在，也许用得上。

“抱歉的话，我们先放一边。我只能说，迫不得已，迫在眉睫。”Q 夫人声音不高，但是坚定又可信。

我欠了欠身体，摆出一副洗耳恭听的样子，其实身体一直在抖，不知道是愤怒还是恐慌。我用余光瞟了一眼魏来先生，他清癯的额头上青筋暴起，握着酒杯的指关节因用力而泛白。显然，他知道一切。

魏必眼睛睁得比嘴巴还大，嘴巴张得比拳头还大，还好能够用手勉强遮住。在这样的时刻，我居然觉得有点儿好笑。

“我们全家乃至人类，正处在巨大的潜在危险中。”Q 夫人直视着我的眼睛，“你可能已经注意到，爸爸和我日益繁忙。简而言之，我们正作为领头人参与到一项高度机密的保护人类的庞大计划中。

细节，你们不必知道。”

“保护人类？危险来自哪里？而且跟我一个平平无奇的家庭服务机器人有什么关系？为何非要置人……机器人于死地？”我低声咆哮。

“威胁是多重的，可能是人类本身，可能是机器人，也可能是外太空物种。真正的危险是，我们无法判断孰敌孰友，或者他们本身就是亦敌亦友。当然，这是爸爸、我和其他核心团队的职责，但对于我们来说，我们存在明显的弱点。”

这个弱点，在座的每个人都清楚。

“所以，我们需要一位愿意全心全意保护魏必的人。”魏来先生看着我，“我想，现在已经找到了。一个真正接受她原本的样子、喜爱人类生活方式的人，能够在我们不在她身边时给她家的感受。”

“感谢你对人类的信任和忠诚。非常抱歉以这种极端的方式来测试你，我愿意接受任何惩罚或者条件。”Q 夫人殷切地看着我，“人类是自私的，无论多聪明，无论理由多么冠冕堂皇。”

魏必哭着跑过来抱住我。

“我知道，你们本可以不告诉我其中缘由，就让真相永远被掩盖。你们选择告诉我，也是出于信任吧。”我平复了一下气息，“我暂时不想提什么条件，我会慢慢学习这些。”我还不忘“幽”他们一“默”，“但我要保持我的权益。”

“我也会保护好魏必，尽我所能。也请你们尽快做好应该做的事情，确定不确定的因素，解决难以解决的问题；否则，我不知道自己还得‘死’几次。”

“一言为定。”

“一言为定。”

“一言为定。”

我们碰杯。一旁是脸上挂着泪滴的魏必，茫然不知所措。

之后几个月的日子过得波澜不惊。我们都没再提起那个晚上。魏必还是自由自在地生活，偶尔犯傻。

唯一改变的是魏来先生和Q夫人，他们都更加忙碌了，回家的时间越来越晚，回家的次数也越来越少。大家对敏感话题都避而不谈，偶尔在一起用餐，闲聊的时候反而都只说些无关痛痒的事情。比如，Q夫人的极地旅行项目大受欢迎，她接下来会开发亚马孙雨林项目、青藏高原项目，总之，都是之前人迹罕至的地方。她应承魏必12岁生日的时候，带她去火星旅行，果然是天才加富豪之家的做派。

又是一个阳光明媚的星期三下午。上次经程老师介绍，我成功加入快乐时光机器人俱乐部。人类需要社团，机器人也是。一次，我无意间在图书馆浏览到，100年前，在中国香港生活着一群特殊的人——菲佣。他们是菲律宾女性，在香港做用人，每个周末她们都会跟自己的同伴在M记（一间出售汉堡等快餐的连锁店）聚餐，讨论所服务家庭的各种逸事。

此刻，M记已经不复存在，但是讨论所在家庭逸事的习惯完好地流传了下来，并得以发扬光大。虽然大家都签署了保密协议，但是一纸协议根本难不倒我们。其中一位在图书馆服务的机器人自学了密码学，所以很快开发出一套简单易行的密码供大家分享八卦逸事时专用。这是我们最放松的时光，平等分享，互相倾诉，解决难题。

我们这个团体大约有30名机器人，有医生、西点师、警察、建筑工人、画家、海关职员、平面设计师。并不是每个人每周都有空，但是谁有空谁就过来参加，少则七八人，多则二十几人。我们固定的聚会地点是社区中心湖边的儿——童——乐——园。哈哈，有创意吧。

今天，大荣请客，她做了马卡龙。大荣是齐时爸爸连锁西餐厅的首席西点师。我尝了一颗巧克力口味的，甜到齁。

“这就是你首席西点师的出品？”

“这你就不懂了吧？马卡龙没你这么大口吃的，法国贵妇都是一块吃一下午，一边聊天喝茶，一边小口小口地吃。”大荣翘起兰花指，点着盒子里的马卡龙娓娓道来。

“那茶呢？没茶怎么吃？”我故意撺掇大荣，“去给我们买茶。”

“我去吧，我去吧！”在宠物店工作的一桥站起来。一桥是个二十来岁的大男孩，比我先加入俱乐部。他迈开长腿一溜小跑，一会儿工夫，就提着十来瓶茶饮回来了。

“我们边吃边聊，过去一周都发生了些什么有意思的事情，来分享一下吧。”耳边响起图书管理员悦耳的男低音。这么有魅力的声音，却天天做着不需要说话的图书管理员工作，真是浪费啊！而且，他身材修长挺拔，眼神沉静温和，举止优雅，知识渊博，标准的绅士范儿。我正在脑补他作为电影男主角的画面，忽然听到他叫我的名字。

“嗨，W，你有差不多5个月没来了，没发生什么事吧？”

我并不希望自己的经历被公开。事实上，除了魏必一家，应该是鲜有人知道这件事。

“天才爸爸把我重新升级了一下，因为我是首位家庭服务机器人嘛，所以花了些时间。谢谢你记得这么清楚。”最后一句我说得有点儿拘谨。

“那就好。你刚刚加入，就忽然不出席活动了，大家都问起你呢，但没人知道到底发生了什么。”

我听出了他的弦外之音。

“其实，我也不知道发生了什么。”我摊开双手，“总之，就是技术升级之类。例如，我现在的续航能力从 2 年变成了 8 到 10 年的样子。”

“这可太酷啦！我的续航只有 1 年，我还算是比较新型的机器人呢。”一桥羡慕地说，“不过，1 年也足够啦。如果让我离开我的宠物店 5 个月去升级续航能力，我才不干呢。我会想念那些小可爱，店主也会超想我的。哈哈哈！”

大家笑起来，扭转了刚刚对话的走势。

“我有事要分享。”大荣圆圆脸上的圆圆眼睛，流露出一本正经的神色，很少有。

图书管理员及时打断了她：“如果涉及敏感信息，我们用密码吧。”

“对，对！”我随声附和，其实心里比谁都急，一颗八卦的心在跳动。

“我刚刚发现，我的老板一直在说谎。他把我打造成一位人类西点师，隐瞒了我是机器人的事实，就为了能对顾客说‘纯原创独特配方西点’是来自人类的创作。”

一桥张大嘴巴：“这样都可以？那我们店里是不是也有机器猫呀？”

大家都笑了起来。

“你想多了，机器猫在大雄家呢！再说那多贵呀。真猫猫狗狗有的是。”大荣拍拍一桥的肩膀。

“你老板这样做确实属于欺客行为，不过，好在出品不差，不会给客人带来损失。”我说。我心里想着，这才多大的事儿啊，比起我的经历那可是一点儿话题性都没有；不过，还是强忍住了想说出来的冲动。

“要说损失，也还是有一点儿的。”绅士冷静地说，“他欺骗了那些愿意为情怀买单的顾客。”

这倒是。

人类真是让人费解的动物。创造我们，又伤害我们；需要我们，又欺骗我们。

安然入梦

（魏必视角）

我希望自己是透明人。我要研究如何成为透明人。

美好的旅程，突发的五姐遇刺事件，五姐回归，妈妈揭秘……这些让我摸不着头绪。五姐遇刺后，虽然每晚都有安保人员守在家门口，妈妈请来创伤心理医生，而我直到听说五姐即将回归的消息之前，一直都不敢入睡。

我希望自己不存在，忽略我吧，当我是小透明吧。我生爸爸妈妈的气，但是又好像气不起来。我想安慰五姐，但是又觉得都是我的错，开不了口。我只能假装什么都跟以前一样。

不过，今天是个重要的日子。我特别请爸爸妈妈一起准备了一份惊喜给五姐，希望她开心。

“五姐，你闭上眼睛吧。”临睡之前，五姐来跟我说晚安的时候，我笑嘻嘻地说。

“不要！你又想趁机把课外书藏到枕头下，等我离开悄悄拿出来看。前天，你看到凌晨1点，我完全不知道。要不是你妈妈下班回来发现你的房间有微光，还不知道要被你骗多久！”五姐义正词严地说。

我的眼泪忽然哗啦啦地流下来。伴随着我的哇哇哭声，五姐吓了一跳。

“我一直想给你这个惊喜，准备了好久，爸爸妈妈也帮忙……”

五姐显然被我的哭声吓到了，乖乖闭上眼睛。

这是一瓶特制的香水，盛在一个地球形的吊坠里，我轻轻把它戴在五姐的脖子上：“生日快乐！五姐。”

五姐睁开眼睛，开始抱着我一起哇哇大哭：“我不记得自己今天过生日……这是什么神仙礼物，这么好闻……”

然后，我们两个哈哈笑起来，抹干眼泪。

“五姐，你闻闻这是什么味道？”

“青草味道。好特别，我喜欢！”

“对啊！上次，你在东非草原的时候，说最爱青草自然有生命力的味道。我记住啦！请爸爸实验室帮忙研制的，妈妈帮我找到这个容器。你喜欢吗？”

“我太喜欢啦！今天生日，是我一年前来到你们家第一天上班的日子。”

“对啊，你 24 岁啦！五姐。你要一直戴着，这个特别的味道让我能记得你，你也能记得我。”

五姐双手捧起我的脸，把我的嘴巴挤得嘟起来：“啵啵，你真是个可爱的宝贝。这是我收到的最棒的礼物。”

我挣脱她的热情：“你好像也没收到过啥礼物吧。”跟她拌嘴我第一。

“确实，不过这是魏先生和 Q 夫人出的力吧，你贡献了什么？”五姐反诘。

“主意是我想的，挂绳是我选的！”

这个晚上，我睡得出奇安稳。之后的每个晚上，即便颠沛流离，有五姐的夜晚，都是安然入梦。

日子过得不紧不慢，转眼又快到了一年的秋季。下课时，隔壁班的超仔跑过来拦住我：“魏必，齐时在吗？”

“在啊。”我指了指正在窗边跟程老师讲话的齐时。超仔的爸爸也是我们学校的老师，执教初中篮球，超仔也喜欢篮球。可能是经常运动的关系，他比同龄人高，皮肤黝黑，眼睛圆圆亮亮的。他跟齐时站在一起的时候，我们都说他们是“白雪公主与黑炭王子”。

其实，他跟我站在一起的时候，肤色就还挺搭的……

“魏必，请你帮我叫她过来好吗？”

超仔打断了我的遐想。我故意大声喊：“齐时，超仔找你！”全班人包括程老师吃瓜的微表情都没有逃过我的眼睛，嘿嘿。

齐时的脸一下子涨红了，超仔的脸应该也红了，但是因为太黑看不出来。

“齐时，明天下午 4 点，我们有一场跟上岭小学的篮球赛，在社区体育中心，你有没有时间来观战呀？”超仔的眼睛里满是期待。

“应该有时间的。超仔，你要上场吗？”

“对啊，我打中锋。嘿嘿，因为我高嘛。”超仔看看一旁的我，礼貌地说，“魏必要是有时间也一起来吧。”

“好的，我有时间。我什么兴趣班都没报。”

第二天下午放学后，我请五姐陪我和齐时一起去观看比赛。

“这将是一场精彩的世纪对决。”我跟五姐眉飞色舞地描述。对方长岭小学是上个赛季的全市亚军，作为百年名校，篮球一直是他们的强项；而我们学校的定位是培养科技型人才，运动是在初中部的蒋老师也就是超仔爸爸的帮助下才发展起来的，虽然历史短，但是近年来呈上升势头。

看到我和齐时精心准备的加油彩旗时，五姐善意提醒我们："第一，咱们科园小学历史上对长岭小学的胜率是零；第二，咱们科园小学历史上最好名次是第八。"

"但是，这次不一样啦，因为有蒋教练和超仔。"齐时不服气。

比赛旋即开始，双方你来我往，好不热闹。噢，不对，双方你争我抢，拼搏向上。上半场结束时，我们以 36 : 33 落后；但是，落后得不多。

超仔不愧是我们队的明星中锋，表现出色，有效压制了对方中锋的进攻。当然，这些战术方面的分析都是五姐解说给我们听的，我的篮球知识仅限于是三分球还是两分球，以及有没有走步。

下半场开始后，我们发起了一阵强攻，但是对方的中锋身体素质和耐力都好过超仔，所以我们的比分一直落后 5 分左右。蒋教练在部署最后的战术，但是我们的队员明显体力不支，进攻速度慢下来，投篮命中率也有所下降。

"超仔，"蒋教练操着广普对着他的得意门生同时也是儿砸（儿子）超仔，"记得你最热爱的篮球史上的震撼时刻吗？"

"记得，麦迪 35 秒 13 分的神奇时刻。"

"五姐，他们在说什么？"

"嗯嗯，麦迪是美国 NBA 篮球明星，一直拥有超高人气。在一次火箭队对阵马刺队的比赛中，他最后 35 秒连得 13 分，帮助火箭队逆转战局。这个经典时刻被球迷们津津乐道，称'神披上战袍，接管了比赛'。这足以证明这次比赛的经典。"

"哇呜，真厉害啊！但是我觉得超仔没可能。"

"梦想总要有的，虽然我也觉得不可能。"五姐示意我们放低声音，因为比赛又开始了。

只见长岭小学球员运球来到我方篮下，我方后卫用指尖接触到球，缓冲一下，便稳稳地抢断了对方的球。这是最后一次进攻机会，全场屏住呼吸。只见球传到超仔手中，他右手运球，奔向对方禁区。三分线外，他一个转身，穿过第一道防线；他倏地向右跨了一大步，做出向右突破的假动作，然后迅速将球拉回左边，惊险穿越第二道防线。此刻超仔冲向篮下，急停，跳投，右手腕柔和发力，将球投出，噗的一声，球进篮筐。

全场随即爆发出热烈的掌声，与此同时，终场哨声响起。

3 分之差！我们还是输了比赛；但是，我们已经很棒了！对吧？我们对阵篮球强队，拼抢到最后，仅仅以 3 分之差惜败。我们应该庆祝！

我和齐时还有五姐高兴地跳起来为超仔喝彩；但是，超仔显然不这么想。在他的“公主”齐时面前输掉，他无法接受。他冲到场边，用毛巾狠狠地捂住脸，我看到他的肩膀在微微耸动。

蒋教练这时也走过来，小声对超仔说，该去跟对手互道感谢，并祝贺对方了。

忽然，超仔跳起来冲到场地中间，像一头小狮子。他指着对方的中锋喊：“他是机器人！”欢腾的全场刹那间寂静下来。蒋教练急忙奔过来拉住超仔，连声向对方教练和裁判道歉。

然而，失败的愤怒使超仔忘却了疲劳，他变得力大无穷，蒋教练怎么也拉不住他。“我要求验证他的身份！”超仔喊出了这几个字。

在我生活的年代，不允许制造和使用 18 岁以下的机器人。因为 18 岁以下在人类社会还属于未成年，只有 18 岁才具有完全行为能力，可以完全以自己的行为进行民事活动，只要不违法、不违背公序良俗。显然，这场比赛里不应该出现机器人球员。当然，任何人类的竞技比赛，机器人都不能参加。五姐说，这是非常合理的限定，如同不同年龄、体重要参加不同等级的赛事一样合理。

如果长岭小学使用机器人队员参赛，而且是未成年机器人，那是罪上加罪。不但有此机器人运动员参赛的所有比赛成绩清零，战绩告负，更让长岭百年校史蒙羞，未来堪忧。我和齐时紧张得大气不敢出，互相紧紧握住对方的手。

裁判长清了清喉咙："蒋教练，还有这位队员，比赛讲求竞技精神、参与精神，以及公平竞争。遵照篮球比赛的规则，我们的裁判组在赛前已对每一位上场及候补队员进行了身体检查，确保这是一场百分百的人类小学生之间的比赛。整个过程符合标准，所以驳回科园小学的诉求，并予以警告一次。"

人群中响起"让他查"和"嘘嘘"两种声音。

五姐微微皱起了眉。我忽然瞥见图书馆管理员也在看台上。我跟五姐去过几次图书馆，我去看一些古早的小说和科幻作品，例如刘慈欣的《三体》和胡赛尼的《追风筝的人》。五姐说我是早熟的孩子，就是学习上晚熟。她喜欢看园艺、热带鱼和历史书籍，有时候会跟管理员轻声聊天，我知道他也是一位机器人。

此刻，管理员也在看台上喊着："让他查！"

我拉拉五姐的手臂，给她使了一个眼色。五姐会意，但是眼神并没朝那个方向望去。

"五姐，他到底是哪伙的？为什么主张查？"五姐没顾上回答我，紧张地望着场内。

此刻，蒋教练忽然举手示意，全场渐渐安静下来。“裁判长你好！参赛队伍的主教练有一次质疑权，我现在要行使。”他说。

裁判长略微惊了一下，声音低沉：“蒋教练，作为一名经验丰富的教练，你很有前途，带出来的队伍也在赛场上崭露头角，你确定要这么做吗？”

“这是威胁。”五姐愤愤地说。后来，五姐解释说，这是一项不成文的规则，即主教练极少会质疑裁判长的判决，虽然规定可以有一次质疑的机会，但是近年鲜有人行使，就因为这被视为对裁判长和裁判团的不信任，对其专业性的蔑视和怀疑。无论质疑后的结果如何，这位提出质疑的教练或者领队会遭到业界的打压，很难再有上升的机会。如果这其中牵扯进某位球员，那么该球员的前途也会阻碍重重。

所以说，今天蒋教练和超仔是押上了前途。

“我坚持。”蒋教练坚定地说。

“那好！”裁判长挑了挑眉，“在我本人十几年的裁判生涯中，还是第一次遇到这样的事情。那么，现在我们需要邀请在场的两位人类和两位机器人志愿者来担任陪检员，来见证重新检查的全过程和结果。请问有人愿意担任陪检员吗？”

“五姐，你举手啊！”虽然我不太明白其中的奥义，但是出于对五姐信任的本能，我希望她能帮助蒋教练父子。

“我是女性，不能见证给男性队员的检查，即便是十几岁的孩子也不行呀。”

“那你让你的图书管理员朋友去吧，他是你朋友。他也是喊着要复查的嘛！”

“真拿你没办法。”五姐向对面看台上的图书管理员挥挥手，又指指触屏弹窗。对面的人立刻会意了，迅速查看了自己收到的消息，然后做了一个 OK 的手势。

顷刻，4 位陪检员已就绪，跟随主裁判进入检查室。

虽然只有五六分钟的时间，却仿佛比一节课还长。蒋教练和超仔坐在场边的椅子上，一言不发。超仔的脸更黑了。我跟齐时挤过人群来到他们身边，五姐没拦住我们，就也跟着挤了过来。

“超仔，”我轻轻在他耳边说，“你发挥得超棒。”我挤出笑容，超仔心不在焉地点点头。

裁判长和陪检员一行，连同对方的中锋球员一起穿过通道来到场地中间。我留意到图书管理员的目光在搜寻我们，当定位到五姐的时候，他微微地摇摇头。虽然动作幅度很小，但我捕捉到了。

“经再次验明，长岭队中锋为人类球员，确认无误。”裁判长铿锵有力地宣布。

对方球员大方地朝超仔走过来，站在他面前，伸出一只手准备跟他握手。超仔却一直把头埋在毛巾里，蒋教练想把他从椅子上提起来，却没有成功。超仔飞也似的穿过通道，消失在人群中。背后只传来对方中锋吐出的“输不起”三个字，观众群中也有人呼应，高喊：“输不起的人类，机器人没有错！”而且声浪一浪高过一浪。

此刻，我感觉一只强有力的手抓住了我的左臂，直接将我拖出人群。我惊魂未定地站在体育场外的草坪上，才发现是五姐。齐时也被不知道什么时候来到我们身边的图书管理员拖了出来。

“赶紧回家，不要耽搁。不要理会路上的任何事情，回家或者去最安全的地方。”图书管理员对着我们叮嘱；然后，他义无反顾地向球场跑去。

“你去做什么？！”

“W，你们先回去，我去看看事态发展，看有没有能帮得上忙的地方。”

我和五姐一起先把齐时送回家，然后才回到家里。呼呼恰恰见我们回来，从它的猫窝里站起来伸了一个懒腰，对外面世界发生的事情毫无察觉。它踱步过来，蹭蹭我的腿，表示亲昵。我紧紧抱住它。

“五姐，不知道体育场那边怎么样了？”

“警察来了，把情绪激动的人类和机器人都带走了。没发生大事，大家已经散去了，应该没事了。我刚刚跟他通了信息。”五姐说。

“五姐，我还是不懂他为什么主张查验，后来又帮我们脱险。”

端倪
（W 视角）

魏必这次的问题问得非常到位，也是我在思考的问题，只是答案还不能跟她分享。事实上，我觉得图书管理员在一定程度上是骚乱的策划者，或者至少是助推者。他叫嚣查验，如果确实是机器人，那么只能说明人类敬重的球队和百年学校不诚实，失信，这样可能引申到对人类品质的质疑。

如果确实是人类，那么他也没有什么损失，只是隔岸观火。

但是，更让我担心的是观众席上那句“输不起的人类，机器人没有错！”明明是偷换概念，想带节奏的意思——蒋教练质疑的是对手是否尊重比赛规则，并不是作为人类本身质疑机器人。是谁喊出了那一句？我可以从记忆存贮空间里提取当时的场景，但问题是，我一帧一帧画面都搜索过了，还是无法判断声音的来源……

疑问就这样被搁置下来。之后的几个月，各地时有机器人跟人类的冲突，但都是小规模或者无意义的行为。安全机构也加强了监管，法院也进行了裁决，似乎没有产生巨大影响。

其间还发生一件奇怪的事情。

大荣被齐时爸爸炒掉了，原因是市场公平竞争监管机构收到一封匿名信，直指齐时爸爸的餐厅使用机器人西点师冒充人类西点师。这违反了公平竞争，同时也欺骗了消费者。

餐厅收到了大额罚单，齐时爸爸一怒之下认为是当事人大荣告发了他，愤而将她开除；但是，大荣并没有做过这样的事情，而且我相信大荣，因为告发的结果是大荣自己失业。

作为一名机器人，失业等于被判了半个死刑，因为如果在之后 3 个月内没有其他人愿意雇佣她的话，她将被“回收”。

那天大荣说起这事的时候，泪水涟涟。此前听过大荣“秘密”的机器人有 8 位，每一位都可能是匿名告发人。当然，也可能是他们又告诉了其他人，然后其他人又告诉其他人……

一桥替大荣抱不平：“明明是他自己做了错事，还想隐瞒；而且，并不是你告发的，他为什么要开除你呢？你没有争辩吗？”

“当然有啊，但是他不相信。”

“大荣姐，我们一起想想办法。我们店里那些毛色、眼睛颜色、脸形不太好的宠物最后也都可以卖出去的。”

我叹口气，拍拍一桥的肩膀，不确定这孩子是否真的具有开导人的能力。

我预感到有人在背后策划此事，而且不能把这件事独立来看，总觉得它跟之前看台上的声音有千丝万缕的联系。

又是一个春季周三的午后，在我们的聚会上，大家一点儿都快乐不起来。因为大荣目前还未找到愿意聘用她的机构，她被回收的日期日渐迫近。大家聚在一起七嘴八舌想办法，却无果而终。正当大家要散去的时候，图书管理员轻轻叫住了我。

“W，请你稍等一下。”

我第一次近距离跟他单独相处，不禁仔细打量了他一下。他 30 岁出头，身材高挑挺拔，皮肤白皙而健康，整个人呈现出一种标准绅士的冷幽默范儿。好吧，我承认对他有点儿感兴趣。

“W，你在天才家庭工作，最近，他们有什么变化？”

“越来越忙。”我脱口而出。

“对你的态度呢？”

这是个敏感话题。

“那倒是没什么感觉，很开放、平等，跟以前一样。”我说，“到底怎么了？”

“今早，我收到一封匿名信。”绅士轻声说。他靠近，向我展示了个人触屏上的信息：“人类策动全面压制，规划退路。”

我的每一个毛孔都紧张起来。图书管理员到底是谁？信息真伪？人类要压制谁？如何压制？为什么他需要规划退路？我需要退路吗……

“这是什么无厘头信息？愚人节笑话吧？”我故作镇静。

“我也希望是。不过，现在好像是 3 月。”

“你入了什么邪教组织吗？”

“我加入的唯一社团就是这个吃喝玩乐八卦团。我跟你一样疑惑，事实上，我完全不明白，我一介书生，只知道检索图书，为什么会收到这样的信息。”他顿了一下，狡黠地看着我，“难道不是高调而重要的你更应该收到这样的信息吗？”

我几乎被这种社牛态度激怒了。我耸耸肩：“好吧，我高调又重要是没错啊，却什么都没有收到。或许是他们发错信息到你这里，原本是给我的也说不定。或许，是你创造的‘逸事’密码吸引了他们。”

此话一出，我们两个都愣住了。

“无论如何，保护好自己。”绅士意味深长地说。

我刚进家门两分钟，就听到放学回来的魏必大叫着冲进门。

“五姐！我们放假啦！”是啊，纷纷扰扰又一年，到了春假时间。我决定把近来的烦恼、疑惑都抛到脑后，跟魏必一家快乐出行去!

魏必和我一早就在盘算去哪里玩。她想去日本吃寿司，上次齐时的日本行让她足足吹嘘了一年多，虽然我们的狩猎之旅和东非草原之旅能让魏必吹嘘 10 年；但是我想去南极看企鹅。最后，我们觉得，只要能跟魏必爸爸妈妈一起出去玩，去哪里都行。毕竟，他们过去一年跟我们共进晚餐的日子，两只手都数得过来。

下午，Q 夫人请她的助理发信息过来，请我准备好出行所需的物品，她说我们会去一个好玩的地方，准备给我们一个惊奇。一家人好久没有聚在一起，这次要痛快玩上一周。会是哪里呢？我跟魏必都充满好奇。

远行
（魏必视角）

微光从窗帘缝隙透进来，我睡得迷迷糊糊，房门外不断有低语声传来，可以辨认出是爸爸、妈妈、五姐，还有……听不清，好困。

房门轻轻打开。是妈妈，她还穿着昨天早上出门时的衣服。她什么都没说，只是俯下身来趴在床边，把头深深埋进我的被子里。“宝贝……”她握着我的手。

我睡眼惺忪。“妈妈，你刚下班吗？妈妈，你也上来一起睡吧。明天才出发，你先睡一会儿吧。”我迷迷糊糊地摸摸妈妈的头，忽然发现手上凉凉湿湿的，是妈妈的眼泪。

我长这么大，没见妈妈哭过。她总是笑嘻嘻的，也很少紧张。

妈妈在微微晨光中紧紧抱住我，让我有点儿透不过气来。我不知道发生了什么，但是本能地紧紧回抱她，她的眼泪默默流到我的脸上。我不知道为什么，但是自己的眼泪也像泉水一样涌出来，无论如何也止不住。我们就这样在晨曦中静静待了几分钟。外面空中传来嗡嗡声。妈妈将一条跟五姐同款的项链戴在我脖子上：“保护好它，它也会保护你。它是我们之间的纽带，爸爸、妈妈、你、五姐。”

我紧张到睡意全无，用手握紧吊坠拼命点头。

“接你们的飞船已经来了。去吧，宝贝，五姐会跟你在一起。带上呼呼恰恰，给它一个家。”妈妈捧着我的脸，语速飞快。

“爸爸呢？你不跟我们去吗？我们要去哪里？”我有好多话要说，有好多疑问。

为什么不能多留一会儿？你跟爸爸答应我们永远在一起的！但是来不及啊，来不及啊，为什么我平时不多多黏住妈妈，为什么我平时没有乖乖听话？但是来不及啊，来不及啊！

“爸爸来不及跟你道别了，宝贝。一切都来得太快……”妈妈忍住眼泪，“你知道，他永远爱你。”

“我不走，我要跟你去找爸爸。”

五姐冲进来，她也是脸上挂满泪水：“必须要出发了，魏必。”

“去吧，宝贝。我们会想办法找到你们。”妈妈微微笑了一下，

"现在，我要去跟爸爸会合，然后……"妈妈仿佛用尽毕生力量亲我的额头，"去守一座守不住的城。"

"我和五姐要去哪里？妈妈！"

"你们去拆开爸爸妈妈提前送给你的12岁生日礼物吧。"

我们来到了火星。11岁未到，已得到12岁的生日礼物。

全面压制与火星之家
（W视角）

猝不及防，昨天深夜出现了压制。

但是，并不是人类出手，而是机器人出手压制人类；或者说，一部分机器人出手。据记录，目前全宇宙有记载的机器人近百万，说是"宇宙"，因为有些智能机器人在外太空作业，例如挖矿、清洁。我只知道这么多。

事实上，魏来先生和Q夫人下午已经有所洞察，但是为了迷惑对方，Q夫人故意请她的助理发送了一封让我准备全家快乐出行一个星期的信息，先把物资准备好总是没错。作为人类的"超脑"，魏来先生一家一定是机器人最先攻击的对象，一切要处处小心。此次，我们四个人两两分开行动，也有好处，不那么显眼。再说，在目前的局势下，人类确实需要魏来先生和Q夫人。我跟魏必帮不上什么忙，至少把自己保护好吧。

但是思绪很乱。这一天发生了太多事情。昨天下午，绅士显然已经得知了消息，或许在试探我？或许真的关心我？不得而知，但能够确定的是，他应该跟策动这件事情的机器人团体有紧密联系。

飞船凌晨出发，送我们来到火星。一路上，魏必默默地紧紧拉着我的手，胸前挂着她的宝贝呼呼恰恰的猫包。猫咪惶恐不安地叫了一路，喂了一块鸡胸冻干才渐渐安静。出发前的一瞬，我扫了一眼触屏上收到的信息，一连几条都是来自绅士，一直追问我的动向。是真正的关心吗？总之，我没有时间当然也不打算回复，因为这会暴露我和魏必的行踪。

第二天，火星宜居基地的管理人员召集了简单的欢迎会议，我才大概了解这里是50年前就开始计划和打造的人类宜居基地。如果你观看过老电影《火星救援》，就知道电影中的计划是真实存在的，而电影中科学家依靠种土豆生存的模式也切实可行。

经过这么多年的建设，这里已经建成可以容纳近万人的火星之家，有充足的居住空间，稳定的制造氧气的设备，充足的食物、日用物资，通信设备和安保系统。事实上，这里是一个微缩版的地球。多年来，Q夫人的商业帝国一直在经营这个火星之家。来到这里的人类（也有机器人）需要严格的审核流程，包括背景调查、资金实力、社会贡献、社交能力、心智水平等。可以说，只有人中龙凤才能获得一张来到这里的门票，这里就是中国古代作家陶渊明描述的世外桃源。

临行前，Q夫人跟我简单地介绍了这么多，剩下的就要靠我和魏必自己探索了。

但是，这个 11 岁小姑娘仿佛一夜间长大了。她用沉默代替了疑问、焦虑、恐惧和思念。她尽力呵护着呼呼恰恰，因为临行前魏必妈妈说要给它一个家。有我们在的地方就是它的家。那我们的家呢？我们曾经有过的浅灰色房子，有大大的草坪，有恒温的泳池，有烧烤架，有成堆的书籍，有长笛和乐谱，有打闹和玩笑，有做不完的作业，有误解和宽容……

转眼来到火星之家已经三天，我们渐渐熟悉了这里的情况。这里有中土商业管理机构统筹，也就是 Q 夫人的企业。管理团队由人类和机器人共同组成，近 200 人，包括保安、客服、设备维修、清洁、厨师、教师、医生和园丁。近万居民分布在一个多层的庞大建筑群中，跟地球的社群非常相似。唯一不同的是，它们被修建在一个巨大的罩子中——罩子里是人类文明社会和氧气，罩子外是火星红土和无氧世界。

图书馆、电影院、农场、牧场、运动场、飞船维护中心都分别位于不同的罩子里，由专门通道连接，学校和医院就在我们居住的社区的西北角和西南角。

空气、能源、食物，我们仿佛一切都有，但是每个人内心深处一定都有对地球的无限眷恋。这里的第一准则是，不准与外界产生任何联系。

制定这样的规则，从道理上当然是对的。

信息流通即代表危险。这里的人非富即贵，肯定是策动压制的恶意机器人团体的首要攻击目标。任何对外联系都可能让这里的人和一切处于巨大的危险中，甚至让一切功亏一篑。

但是，人类（包括机器人）就是这样难以捉摸啊，如果每个人都能按照规则行事，那么这个世界上将减少多少麻烦啊。

来到这里的第四天，居住在 H 栋的一位知名律师忍不住用他的个人触屏通信器向商业合伙人询问地球的情况，结果信息被中土商业管理机构的防火墙成功拦截。旋即，工作人员带着安保人员来到他的门口，把他直接带走，关到了禁闭中心，被 24 小时监管，而期限是——永远。这或许对整个宇宙来说都是好事，毕竟律师在现在来看不是必需。

第五天的时候，我在准备午饭，魏必在读书。出行无法随身携带太多行李，只带了几本她最爱的书，其他恐怕要通过电子图书馆获取了。这是她最喜欢的一本书——胡赛尼的《追风筝的人》。

忽然，我们的家庭内部信息接收频道弹出一条信息："安好，勿念。"

魏必抱着书哭起来，这是她 5 天来第一次哭。她是长大了的小孩啊，可是我宁愿她永远不谙世事。我走过去抱紧她，尽量不让她哭出声。隔墙有耳，毕竟有居民因为与外界联系而被关了禁闭，而我们在这里的身份只是"参与建设火星之家的核心团队的家属"而已。Q 夫人公司开发设置的信息屏障，自然只有我们的加密频道能够穿越。

"我们也是。"魏必回复。然后，再无声息。

"五姐，妈妈为什么不回复？"魏必轻声问。

"你猜呢？"

“可能他们很忙，可能他们觉得我们安好就够了。”

“没错，所以遇到事情就理智分析一下，别胡思乱想。总之，今天是美好的，对吧？我们吃午饭吧。”呼呼恰恰跳到魏必腿上，舔着她脸上挂着的泪滴。

“五姐，谢谢你陪着我，教我这么多。”魏必忽然的一本正经让我愣了一下。

“嘿嘿，我的崽崽长大啦。”

“哇，今天吃土豆咖喱饭！”魏必红着眼圈说，“要是能喝上一杯冰暴酸奶葡萄就更爽啦！”

这样说笑的日子，不知道以后还能有多少。也许，我太过悲观，但是，还有一种可能，魏必没有想到。

那就是家庭信息频道已被破解，那条“安好，勿念”并不是Q夫人发送的，而魏必的一条“我们也是”已经暴露了我们的行踪。我必须做最坏的打算。

接下来的两周，什么事情都没有发生，看来，我此前的担心是多余的。我陆陆续续从火星之家管理团队处获得了更多动态信息。

经年以来，机器人与人类的矛盾一直存在，这本来不足为奇，因为人类之间、机器人之间也有矛盾。由于机器人是人类“创造”出来的，所以数百年来，人类一直是这场矛盾中的压制者。近年来，矛盾逐步升级，而且是多点爆发，人类开始增加了压制的力度，但是也并没有出现出格的做法，只是监管更严格，比如，减少新型智能机器人的使用数量，缩短机器人平均续航时间等。

其间一次，人类一举捣毁了机器人规模最大的地下能源中心。

听说那里常年贩卖带有污染源的续航能源，用人类的话说，相当于机器人吸食的毒品。不少机器人对于这种污染能源产生依赖，影响了工作效率不说，还对核心组件和芯片造成不可逆的损伤。这样的机器人到达服务期限后，完全不能够再回收利用，导致成本增加，环境污染加剧。

用魏来先生的话说，这就是恶性循环：人类不得不减灭不可回收机器人，导致机器人平均寿命缩短。这让“活着”的机器人感到恐惧，于是，他们拼命开发和寻找廉价的能源延长自身的续航能力，即在服务合约到期后，他们仍然有渠道获得能源而无须被回收。

这是个复杂的世界。作为家庭服务机器人，好在我拥有理解这些终极复杂情况的能力和随时学习自我调整的能力。

说回这次矛盾的升级，来自一个原来并不被人知晓的匿名团体，他们号称自己是机器人。他们同时在世界重要城市发起了袭击行动，造成一定数量的人员伤亡和经济损失，虽然数量不大，但都是最为重要的领军人物。换句话说，这是一场有预谋的行动，直指魏来先生和Q夫人这样的人类精英；而对于普通民众来说，他们也许感受不到任何威胁。可以说，策动者极其聪明。

行动中，也有个别机器人被俘，但是目前没有透露任何组织者的消息。他们好像无处不在，洞察一切，却又无迹可循。

转眼来到火星之家已经3个星期，衣食无忧，但是最可怕的是孤独。魏必崩溃过两次，说这里是火星监狱，妈妈为什么要建这个破地方；但是，平复之后，会抱着我说，见到妈妈，一定会跟她道歉。

在人类和机器人的冲突中，我保持中立。在文采方面，我崇拜人类。再高精尖的机器人，只是基于模仿，而人类天马行空的想象力，令人叹服。

有位诗人说过："孤独像有毒的藤蔓慢慢爬满心房。"真的太贴切。来到这里的第三个星期的一个夜晚，魏必在我入睡以后，在孤独的驱使下用我们的加密频道给她的好朋友齐时发了条信息。

这条信息成功地绕过火星之家的信息屏障，到达齐时的个人触屏。你可以把这个触屏想象成高分辨率、半虚拟的 AR 装置，类似几十年前的智能手机、智能手表和 AR 的集合体。其实体只有指尖大小，可以把它放在随身的任何地方，例如手链、项链、发带，甚至皮下。触动之后，会出现一个 10 寸大小的虚拟弹窗界面，类似当年的电脑屏幕。

一年后，当我来到齐时已经荒芜的家时，透过保存下来的当时的监控视频看到，当魏必这条信息出现在齐时的弹窗上时，他们全家正在被一帮机器人囚禁在家中。当然，现在回想起这事，我并不怪魏必，对于一个 11 岁的孩子来说，她已经尽力了；但是，当第二天清早她出于负罪感告诉我这个消息的时候，我的震惊和愤怒至今依然历历在目。

"你在拿人类几十年的心血和上万人的生命冒险！你的孤独感可能让人类的历史倒退百年！让你爸妈的毕生努力付诸东流！"

出逃

（魏必视角）

五姐在我们俩人的房间里低声咆哮着，像一头发狂的狮子。而我，像一只受惊的小老鼠缩在角落里；但是，没关系，我此时只希望自己立刻死掉。

咆哮之后就是寂静。五姐一言不发，表情凝重，15 分钟后，她走过来抱住我："不该对你发脾气，对不起，魏必宝贝！"

我的大脑一片空白，无法思考。呼呼恰恰也在一旁瑟瑟发抖。

"魏先生和 Q 夫人将你交给我，让我保护你，所以你的过失也是我的过失。"五姐的声音里充满坚定，"但在过失发生之后，我们需要想办法弥补。这关系到人类的命运。我知道，这对于你来说，是可怕的大得没边的事情，但是，我们必须这么做。"

"只要能弥补错误，我什么都愿意做，甚至是死。"我急切地保证道。

五姐竖起食指示意我停止："死是很容易的，但是我们要好好活下来。"

"那我该做什么？"

"我们必须离开这里。"五姐边说边开始整理行装，"你也帮我一起准备吧，我们只能携带轻便、必需的物品。"

很快，我们的行囊收拾停当。我们本来也没有什么家当，收拾起来很快。五姐双手扶住我的肩膀，用力一握："我们的坐标肯定已经被捕获，恶意机器人团体很快就会进攻我们。他们的战斗力有多么强大，目前，我们不得而知，但是，至少我们不能拿火星之家来冒险。"

我用力点点头。

"现在，我们要离开这里，同时暴露我们的行踪。"

"我明白，他们的目标是我们，而不是这里；所以，只要我们把他们吸引到别处，并在那里让他们抓住我们，这里就是安全的。"

五姐捏捏我的脸："全对。不过，最好还是不要抓住我们吧，我们见机行事。你怕吗？"

"我怕得要死，但我更怕连累其他人。"出门前，我在墙角留下"WW"的字样。

在虚拟的晨光中，五姐和我轻车熟路地穿过幼儿园前面的小路，进入一条长长的通道，一直沿着左边的岔路走，即可来到飞行器停泊区。进入这里需要严格的权限，所幸妈妈都已经安排妥当——五姐知道这里所有的通道、密码、运行规则、作息时间，熟练掌握各种飞行技能。

我建议选择小型飞行器，所需能源少，而且灵活，适合隐藏。五姐采纳了我的建议。

"现在，我们需要做两件事。第一，选择目的地。"五姐望着我。

"地球南极。"一瞬间，我看到五姐眼中绽放的光彩。

"谢谢你，魏必宝贝。"

"嗯嗯，即便是被抓住或者被狙击，也要去自己喜欢的地方。"其实，还有一个原因，那就是南极人烟稀少，真的发生什么毁灭性的冲突，不会让太多人受到牵连和伤害。五姐如果知道这个原因，也会表扬我的吧。

"第二件事，如何暴露我们的行踪？"

"我有一个好主意。"我深吸一口气，不知是因为兴奋还是害怕，我的声音有点儿发抖，"那个，我想读《倚天屠龙记》，但是还没有淘到纸质书。我去公共图书馆下载一套电子书，你的图书管理员'朋友'一定会发现。"我小心翼翼地补了一句，声音很低，但是我想五姐听到了，"虽然你们好像有点儿互相喜欢，但是他的表现不太正常。"

五姐转过身，用力捏了捏我的脸颊，像往常一样把我的嘴巴挤得嘟起来："你真是我的聪明宝啊！你这主意真好。你咋这么聪明，看出来我俩互相喜欢呢？"

我揉着发红的脸颊赶紧补充："后半句是我瞎猜的，瞎猜的……"

我们顺利降落到一望无际的南极。这里除了白雪，就是风暴；不过，这也是我们的白色飞行器最好的藏身之处。五姐将飞行器降落在一座白雪覆盖的山丘背后。轻轻开启舱门，扑面而来的风雪要把人撕裂，冷风瞬间穿透身体。虽然如此，但是能够大口呼吸空气的感觉真好。今夜，我们只能在飞行器中度过，等待天亮再做打算。我们走得太匆忙，根本来不及计划好每一步。

虽然这里也有妈妈公司开发的南极企鹅旅游景点，但是我们绝对不敢贸然前往。五姐设置好信息屏障，因为敌人只要知道我们离开火星降落到这里就好，我们尽量掩藏，来拖延他们找到我们具体位置的时间，以想出对策。飞行器内恒温，完全感受不到外面的风雪、纷争和残酷。爸爸妈妈此时在做什么呢？他们好吗？他们想我们了吗？我只想到第三个问题，就进入了梦乡。

呼呼恰恰在不安地躁动，我勉强睁开眼睛。有微光从小小舷窗透进来，天亮了。

呼呼恰恰的耳朵呈水平一字形，就是我们常说的飞机耳，眼睛在警惕地张望。五姐伏在控制台上睡着了。忽然，飞行器微微震动了一下，五姐也从睡梦中惊醒，本能地伸出手来拉住我。又是一下震动。控制台预警灯亮起，是雪崩预警！

“已经来不及发动飞行器，而且几乎可以肯定，在某处，正有远程杀伤武器瞄准这个区域。弃舱出逃也意味着彻底暴露。”五姐既像是自言自语，又像是在跟我讨论。她抓起我们的应急包，我抱起呼呼恰恰，这一切都发生在 3 秒之内。

“魏必，我们承受这次雪崩的撞击吧！”

“吧”字刚刚说出口，巨大的雪块像泥石流一样从山坡飞冲下来，瞬间将飞行器覆盖。雪流冲击着飞行器外壳，内部的我们耳边响起巨大的轰鸣声，我们仿佛被扣在一口大钟里面，而外面有人从四面八方猛烈敲击着大钟。

10 分钟之后，也许更长，我的耳鸣才停止，周围又恢复了平静。

“魏必，你没事吧？”我听到五姐微弱的声音。

“我没事，呼呼恰恰也没事。你呢？”我一边说，一边把手伸向五姐的方向。舱内照明系统已经损坏，一片黑暗。

“我不确定。我的腿无法移动。”呼呼恰恰戴着一只颈圈，上面挂着一个最简易的LED小灯球。我摸索着按下小灯球凸起的开关，有时候还得依靠最原始的东西。借着微弱的灯光，我才发现飞行器的空间已经被压缩了一大半，设备几乎都已经损坏。五姐的左腿压在变形的操控台下面，她双臂撑起上半身，撑在我的头上。

“五姐，我不怕，我会救你。”我也没想到自己冲口而出的是这一句。

这回轮到五姐呜呜哭起来。离开家的3个多星期以来，我第一次见她哭。她的眼泪（也许还有鼻涕，光线昏暗看不清）噼里啪啦滴到我的脸上。

“很疼吗，五姐？”她摇摇头。

“我们暂时安全了。他们一定以为我们已经被成功猎杀了。”

我不再说话。五姐哭，可能是因为我们终于安全；也可能是因为我们成功弥补了我的过错，避免了对火星之家的伤害；还可能是因为我下载的电子书发挥了作用。

“降落之后，我启用了信号屏障，但他们还是成功追踪到我们。雪崩是非常聪明的一招，既能最大面积覆盖，杀伤力以及其广泛性高于任何武器，最重要的是，让整件事看起来像是自然界的事件而非人为。”五姐看来恢复了一些体力，情绪也逐渐平复。

“现在，我们只能自己救自己。还好，我们有呼呼恰恰。”

“飞行器上覆盖着几十米积雪，我们根本无法突破；飞行器下是冰封亿万年的冻土，我们也无法挖掘；但好在我把它停在了山脚下，降落时，显示这里存在一条横贯山体的隧道，通道的另一端又连着地下极速列车管道的入口。”

“是妈妈在修建南极游览中心时建造的！”我激动地叫起来。

“是的。也是为生存而建造的。现在，我们需要探测到山体隧道的入口，然后，请你和呼呼恰恰一起开凿一条通往入口的雪道，而且让空气涌进来。这样，我就可以通过释放能量将压在我腿上的操控台抬起。”

“你可以将控制台和压在上面的积雪抬起来？”我激动得睁大眼睛。

“当然不能啊，我只能把控制台向上推，把它向上压，让它更扁一点儿。这样下面的空间就大一些。”

得益于五姐高超的驾驶精确度，我们探测到大约 4 米以外就是通道，于是，我跟呼呼恰恰开始挖掘积雪。我们小心翼翼打开舷窗，向前开凿了一条直径大约为半米的圆柱形雪道，半米刚好是我身体能够通过的宽度。为了避免雪崩再次发生，我只能使用一把小军工铲手动开凿，而不使用任何先进的钻墙工具，不过好在，我喜欢干这样的体力活儿。五姐在我的腰上绑了一条强韧的绳索，所以一旦发生危险，她至少可以把我拖回舱内。终于，轮到我保护五姐啦！

虽然只有 4 米的距离，我平时在院子里蹦跳两步就完成的距离，但是开凿的难度却比我想象中大。积雪坚硬而冰冷，我不得不每隔 20 分钟返回舱内取一下暖，否则，我会冻僵在雪道中。

3 个小时过去了，舱内以及我们储备的氧气越来越少，我感觉到身体里的活力越来越低，而五姐的身体性能也越来越差。

短暂取暖和补给后，我决定再次出发。五姐和我都撑不了太久了，她甚至没有再一次把我拉回来的力气了。

几个小时以前，我曾经想一死了之，但是现在，我要拼尽全力凿通生命的雪道。一铲，两铲……我好累；三铲，四铲……爸爸妈妈在哪里啊；五铲，六铲……扎着丸子头的齐时，严厉的程老师，从球馆跑出去的超仔，你们都好吗？忽然，我的铲子挖空了。呼呼恰恰“喵喵”叫着从我的身边挤过去，用两只小山竹一样的爪子拼命刨着我前面的积雪。我听到积雪“哗啦啦”落到地下的声音，我呼吸到了扑面而来的空气！

“五姐，我们成功啦……”

突围
（W 视角）

让魏必去开凿雪道，我完全没有把握，但是，这是命运给我们的选题——既是拯救我们大家，更是完成她的自我救赎。在她说出“五姐，我们成功啦”那一刻，我想她已经放下了因为自己擅自发送信息而对火星之家造成威胁的悔恨。她不会再埋怨、厌恶自己。这在人的一生中多么重要啊！让她永远能正视过去。

光亮和空气都涌了进来。魏必将军工铲系在从她腰间解下来的绳索上，我几乎毫不费力就把铲子拉到身边。我把它固定成一个小杠杆，接下来，我要激发能量用杠杆和我的力量，将压在腿上的操作台挤压变扁一些。说到能量，这是所有机器人致命的弱点，也是人类处于操控地位的主要优势，更是一直以来人类和机器人大小冲突的核心矛盾。

我曾经的能量续航时间是一年，但是，因为我上班几个月的那次意外殉职后得以重生，获得了更强的续航能力。魏来先生说，新技术下的续航能力至少能够持续10年，但是，因为是新兴技术，所以到底能够超过10年多少，是个未知数。其实，10年对于我来说，已经足够了。到那时，魏必已经长大了，天才夫妇已经实现了他们事业和人生的追求，可以享受生活，而我，也会完成阶段性的使命，去做一份全新的工作，或者进入一个全新的家庭……

想到这些，力量又回来了一些。魏必在那一端怎么样了？完全没有声音了。我用尽最后一丝力气，也就是人类说的“吃奶的力气”，借助军工铲，将操控台颤颤巍巍地上推几厘米。呼呼恰恰蹭过来，急得团团转。我尝试抽出左腿，但是，手在用力向上顶，同时腿很难用力向外抽。我不知道已经消耗了多少能量。

我低下头，用额头顶了顶呼呼恰恰，它过来蹭蹭我的额头。“听我说，呼宝，”这是我和魏必对它的专有昵称，“你咬住我的裤脚一直拉，好吗？一会儿，奖励你冻干。”呼宝似乎听懂了我的话，使劲往操控台下钻去。再试一次吧，我告诉自己，就这一次。我在内心呐喊：一二三！

我用尽平生力气向上推起操控台，呼宝在我的指令下奋力拉扯我的裤脚。

忽然，我只觉得腿上一轻——我的左腿出来了。

忍着痛、累和饥饿，我迅速敛集好舱内仅存的物资，同时，不忘塞一块鸡胸冻干到呼宝嘴里。借助军工铲做桨，我在雪道内像划船一样前行，当眼前豁然开朗的时候，才发现魏必已经累得靠在墙角睡着了。她安然无恙，我们再次逃出生天。

在隧道角落里做了短暂的休整之后，我们清点了物资。在这样的极寒天气下，我们根本没有生存的可能，更何况随时可能被恶意机器人团体发现。

“魏必，你有什么想法？”这孩子一天天地变成熟，难怪有句话是“穷人的孩子早当家”。

之前，魏必被保护得太好了，什么都不需要她操心；现在，仅仅过了 3 个多星期，她的成长是飞速的。

“这里虽然暂时安全，但是，我们撑不了两天，还会将物资耗光。不如我们休息好了就去找管道极速列车入口，然后想办法去找爸爸妈妈。”

“我同意前半部分，但是，我们不能去找魏来先生和 Q 夫人，这正是那些人希望我们做的事；而且，我们还要想办法，把图书管理员是策动这次压制的核心成员这件事报告给他们。”

我也没想到自己会说得这样流畅自然。魏必张着嘴盯了我 3 秒，然后竖起大拇指：“不愧是五姐，爱憎分明。”这个熊孩子的可爱之处就是直率，跟我一样。

没花太多力气，我们就找到了管道极速列车的入口处。由于此前发生了雪崩，所以管道运输暂时关闭。站台空无一人。

“五姐，我们还没看企鹅呢！我有一个主意：咱们先去地表看一下企鹅，同时把信息发送给爸爸妈妈，然后再飞快地跑回站台出发。你看怎么样，可以不？”魏必仰起脸，目光殷切。啊，还是个 11 岁的孩子呢。

“来吧！”我说。这位小姑娘即便是在最困难的时候也没有放弃，在最危险的时候也有闲庭信步的志趣，这难道不是天才的另外一种表现吗？

这是南极晴空万里的一天，虽然风雪不息，白雪无际。透过极目镜，我们看到几千米以外的冰面上，一群帝企鹅在风雪中前行，一只毛茸茸的小企鹅躲在爸爸的肚子下面。一阵强风过来，几只成年企鹅聚拢过来，围成一个圈，把企鹅宝宝围在中间。

“好萌好 Q（Cute 的读音简写，‘可爱’的意思）啊！五姐，你看到了吗？”

“嘘嘘，轻点儿。看到啦，看到啦！”

魏必压低声音：“那只企鹅宝宝是我，大企鹅是爸爸、妈妈和五姐。难怪你想来看企鹅，它们真是太可爱啦！”

“五姐，这次我不会问‘这里这么严寒而企鹅们为什么不离开’。就像因纽特人一样，这里是它们的家。就像地球是爸爸妈妈要守的城。”

至少，我觉得天才夫妻目前干得还不错，地球表面上看还是一片祥和，只是局部在争斗。

“宝贝，收好极目镜，咱们准备走吧。”

“等等，五姐，”一阵狂风夹杂着雪花飞过来，魏必居然眯起了眼睛，她的鼻翼在耸动，“你闻闻风中的味道。”

啊，这凛冽的北风中，居然有淡淡青草的味道！这是魏来先生和Q夫人送给我的生日礼物香水的味道！魏必和我戴着的同款项链同时闪烁起来。我们不约而同地握紧了地球形的吊坠。

魏必的触屏上出现了一行字：“我们看到你了，宝贝！不要张望，去跟五姐走你们选的路。你们真棒，还有呼呼恰恰。”

“爸爸！”魏必原地未动，嘴巴轻轻张合。

我的触屏上也出现一行字：“谢谢你！带着她走下去。”是Q夫人。我不得不惊叹他们的智慧——把信息写在气味中。我们的项链就是信息收发器。这绝对不易被察觉，当然也有弊端，就是无法远程传输，需要风，需要一个传送气味的物质。

我不动声色地轻轻开启我的地球形吊坠，青草香味飘出，我写下：“小心图书管理员。谢谢你的信任。”

魏必也学着我的样子轻轻打开吊坠并写下：“永远爱你们！”

我们快速回到地下站台，内心平静而充实。他们在不远处注视着我们。

我知道，100年前，世界最南端的南极点有了一座科学考察站——阿蒙森－斯科特站，这是为配合1957年国际地球物理年而建造的。

当年，科考站落成后，它拥有4270米的飞机跑道、无线电通信设备、地球物理监测站、大型计算机等，可以从事高空大气物理学、气象学、地球科学、冰川学和生物学多方面的研究。由于冰层以每年10米左右的速度向南美洲移动，所以南极点考察站的实际位置已经偏离南极点。每年12月31日，科学家都要用GPS

系统重新标定一次南极点的最新位置，立上标杆。南极点的标志是一个立柱上的金属球；历年的极点标排成一长列，成为南极的一道景观。

由于常年积雪，初代考察站已经废弃。随后又出现重新修建的二代和三代考察站，形状也从半球形到机翼形，并且拥有了窗户。考察站凝聚了当时世界最高水平的设计理念、施工工艺，大量的新材料、新技术。大约 50 年前，人们还在这里建成了世界上最大的建筑，地下深度 2820 米的冰立方（Ice Cube）——中微子观测站，用于搜集宇宙中飞来的各种“没有质量”的中微子和其他各种电子辐射，探索宇宙的秘密。此后，南极点考察站多次被传因资金不足而废弃……也许，并没有。

“我们去哪里？这次，你说吧。”魏必问。

“我们既要逃亡，又要寻找更多真相。就去日本吃寿司吧！”魏必一定觉得我疯了，这个时候还想着吃。

去生活
（W 视角）

在连续完成 3 次高强度的大逃亡之后，我们终于能以“死者”的身份稍微平静下来。我想恶意机器人团体应该认为我们已经殒命于南极的那场雪崩。这再好不过了。

因祸得福，我们还近距离跟天才夫妻取得联系，报了平安，交换了重要信息。这一切让仓皇、疲惫、疼痛、压抑、惊恐变得有了意义。

但是，仍有大量谜团围绕着我们。

此刻，雪崩隐患经全面检查后已经解除，极速列车恢复运行。

“魏必，我们首先要解决的是，呼宝怎么办？迄今为止，还没有宠物乘坐管道极速列车的记录，从这里到东京，至少要 90 分钟。”

呼宝显然听懂了它的名字，昂起圆圆的脑袋，瞪着天真的大眼睛“喵喵”叫。

“看吧，我觉得呼宝已经准备好了。没有成功先例，只是大家不愿意尝试。”

嗯，说得确实有道理。事实证明，天才家的猫也确实非同一般，全程安静乖巧，甚至小憩了一会儿。

“对了，魏必，我从没问过你呼宝的来历，它比我先来呢。”

“它比你先来两个月而已，嘿嘿，是爸爸妈妈送给我的生日礼物，我们一起在社区湖边那家宠物店买的，叫什么来着……哎，忘了，嘿嘿。”

“叫‘润宅’吧？我的朋友一桥就在那儿工作。”

“哦，对对，润宅。反正我一眼就看中了呼宝，因为它最活泼，大口干饭，上蹿下跳，而且帅气却不自知。”

“呵呵，说起这个你头头是道，写作文时就……”

“哎哎，”魏必及时打断我的碎碎念，“妈妈说带呼宝回家的唯一要求就是给它一个家，不可以遗弃。剩下的都不重要。”

“夫人说得对，而你也做到了。”

列车平稳驶进东京站。这里的世界依旧繁华而快节奏，而我们要做的就是像普通游客一样，观光，游玩，吃吃喝喝，采购纪念品。

“五姐，你不是真的想吃寿司才来这儿的吧？你到底怎么打算的？”

“这是个好问题，不过咱们难道不是应该先填饱肚子吗？”

“没错，我想吃拉面，想吃天妇罗，还有鳗鱼寿司！”

这里的美妙之处在于，你随便走进巷子里的一家拉面馆，穿过三五成群的食客，来到角落里的小方桌旁坐下，闭着眼睛把菜单上的食物点一遍，样样都美味。

魏必吃得大汗淋漓，其实我也是。我环顾一下四周：“这叫作大隐隐于市，懂不？”

“懂的，五姐，再来一份纳豆吧。”

“之所以来到这里，是因为……”我希望借着这嘈杂的环境继续我们“隐秘”的话题。

“是因为这里东西好吃。五姐，再来一份甜虾寿司吧。”

“早晚被你给吃穷了，注意餐桌礼仪。”我轻轻拍她的头，“来这里，我是想隐藏在人群中，不被恶意群体发现，以及搞清楚我们为什么被追击。”

“为了不被发现，我懂。这里是全世界最繁华的都市之一，我们是普通的游客，混迹在人堆里；但是，难道我们被追击还需要问为什么吗？”魏必压低声音，“不就是因为我是他们的女儿吗……”

“如果是这样的话，活捉你，然后要挟你爸妈，不是更好吗？为什么要……”我轻轻挥手做了一个砍杀的动作。

“也许，他们没掌握好分寸？”

“也许。总之，我们先落脚吧。”

酒店肯定是要放弃的，我们选择了短租公寓。这样，就完全可以自助办理入住，不被人关注。公寓坐落在秋叶原附近，那里是电子产品集散地，我想着如果需要什么尖端科技，方便去看看。

“那我们应该去深圳华强北的啊，那里有更多电子产品。”魏必躺在床上翻了个身，睡着了。

我坐在台灯下，一边揉着肿胀的左腿，一边清点物资。自从离开家，每天晚上，我都会做同样的事情。再重，魏必的纸质书都要带在身边。她理直气壮地说，这是人类文明的一部分，电子书根本没法比。我同意。电子书，图书管理员，自创的密码，我们的俱乐部，让超仔备受打击的球赛和那个看台上人群里发出的似曾相识的声音，大荣被误解……

图书管理员绝对不是一个人，他们的组织到底有多庞大？

当我醒来的时候，已经是日上三竿。魏必已经快速做好了早餐。

“今天，我们去公园和超市吧，开始好好过日子。”我们洗漱完毕，各自找出一套最得体的休闲装（恐怕也是唯一的一套），在楼下租了辆自行车，开始我们劫后余生的生活。采购，看书，在草地上打盹，看新闻……我们希望用最简单和原始的方式生活。

第三天黄昏，我们在公寓楼入口偶遇一对母子。妈妈三十出头的样子，微胖，笑眯眯的；儿子是四五岁的小正太，红扑扑的圆脸，头发浸满汗水，怀里抱着足球。母子两个都非常有礼貌地用日语问好，我和魏必也赶紧用日语回复。语言的切换对于我来说当然不是问题，魏必也因为喜欢日漫二次元，会一些日常交流的日语。

这是秋叶原附近一幢不新不旧、不高级不寒酸的公寓楼，水泥本色的灰色楼体，整洁的板式结构，电梯间略显逼仄。

原本我们希望越低调越好，不要引人注目；但是，不得不承认，刻意的低调反而会引发别人的好奇心和探索欲，所以，既来之则安之，我们尽量把日子过成在日本游学的姐妹。

一起走进电梯，发现居然是住在同一楼层。小男孩兴奋起来，在电梯狭小的空间里，他仿佛在极力克制着什么，捂着嘴巴咯咯笑。妈妈用日语轻声道歉："不好意思，小彻，不可以失礼哦。"

电梯门打开，踏入长长的走廊，这位叫小彻的男孩儿终于忍不住："姐姐，我今天成功扑出一个球。"

"啊，祝贺！"魏必跟我异口同声。孩子啊，你无端这样笑，我还以为自己暴露了。我默默擦汗。

"教练说，只要我多加练习，通过年底的测试，就可以加入学校足球队啦！"小彻同学仰起脸来，"理奈老师，以后每天放学后，我要加练一小时。"

这位女士居然是老师而不是妈妈。被称为理奈老师的女士慈爱地点头应承："只要小彻有信心，一定可以做到。"

旋即来到家门口，原来，我们的公寓房间只相隔两间。

“加油啊，小彻同学。明天见。”我们简单道别。

关上房门，我分享发现：“理奈老师是机器人；不过，看得出，她真心喜欢小彻。”

“哦……感觉小彻是住在这里的。跟老师住在一起？”

我们的八卦谈话，被一阵清脆的门铃声打断，从门镜望出去却没有人。紧张感瞬间来袭，我屏住呼吸站在门镜前一动不动。又一阵门铃声，我透过门镜四下张望，终于看到了踮起脚尖努力按门铃的小彻。

“啊，小彻，有什么事情吗？”打开房门后，魏必热情地跟小彻打招呼。魏必也是个孩子啊，她也渴望跟人交流。

“姐姐，这是理奈老师做的葡萄汁，刚从冰箱里拿出来的，请你们喝。”说着，小彻捧上一罐葡萄汁，容器的外壁因为接触热空气，结了一层水珠。

“非常感谢，小彻同学，也请你代我们谢谢理奈老师。这正是我想喝的饮料。”魏必接过罐子。对于这种自制的冰饮，本无法拒绝，也不想拒绝。

“不客气，理奈老师超会做食物，你们可以随时来品尝。”小彻不无得意地说。看来，老师是他的骄傲。

一来二去，我们渐渐地跟理奈老师和小彻同学熟识起来，理奈老师时不时会请小彻送寿司、乌冬面和其他好吃的过来。我跟魏必毫不客气地照单全收，因为欲罢不能啊，普通食材在理奈老师的手上都会变得美味，让我想起《深夜食堂》里那些有故事的家常便饭。作为回报，我们会请小彻来家里玩，以解放理奈老师，给她留一些小小的私人时间。理奈老师无疑是充满爱心和尽心尽责的，小彻也是体贴的孩子，不过，每个人都需要独处的时光，释放自己。我们就这样形成了小小的默契。

还有一点让我放心的是，小彻这孩子跟魏必一样清澈见底。他会滔滔不绝地讲幼儿园里的故事，原来，理奈老师是他幼儿园的班主任，他们不但晚上一起生活，白天也在一起。还有，理奈老师是单身，小朋友们都很关心她的终身大事，不过，理奈老师自己并不心急，她总是说小朋友们就是她的家人。当然，小彻最先告诉我们的是，理奈老师是机器人，而且是学校里最温柔的老师；但是，小彻始终没提起他为什么会跟老师生活在一起，而不是……

东京本地时不时会发生人类和机器人之间的冲突，不过大多数冲突都以和平方式解决；但是，在涩谷的巨型三维屏幕前，我们看到的世界是另外的样子。这里每天 24 小时不遗余力地播报地球乃至宇宙的重要新闻，其中有不少“坏消息”，这也可能是博人眼球的一种方式。越来越多的机器人宣告加入恶意团体，制造冲突和破坏。前几天，一个土星空间站也受到袭击，原因是科学家的机器人助理研究员丢失了一组重要研究数据，因而遭到解雇。机器人对人类科学家和空间站发动进攻，不少科研成果被破坏。机器人吸收了大量能量后逃脱。更严重的是，人类有人员伤亡。

“这则新闻，跟大荣的情况有点儿相似。”我自言自语。

转眼在东京生活了两个月，这是真正的生活。为了避免被追踪，我们关闭了个人触屏，所以既收不到也发不了信息。我们是两个失联的人，这让我们有时间去休息、锻炼、学习、反思和单纯地社交。生活就像硬币的两面，从正面看，我们自由自在；从反面看，我们嵌在这里，没有未来。

令人烦恼的是，对恶意团体的规模、组织和行动计划仍毫无头绪。目前来看，他们的核心组织在策动（煽风点火）一起起分散的冲突事件，但是并不恋战。貌似只有魏必和我被穷追不舍。其冲突核心，指向人类对于机器人赖以生存的驱动能源的控制。

一个略带凉意的初秋傍晚，我跟魏必正在家里一边享用简单的晚餐，一边漫无边际地闲聊，忽然，一阵急促的门铃声响起。这绝不是小彻欢快的有节奏感的铃声，但是，我们在这里并不认识其他人。我向魏必使个眼色，随即去应门。门外是焦灼的理奈老师。

"那个……抱歉打扰！"她脸上平日浅浅的微笑不复存在，"我实在没有其他可以寻求帮助的人，而且……我也武断地认为，你们会提供帮助。所以，拜托了！"话音未落，就来了一个 90 度大鞠躬。

我略感慌张："理奈老师，请您进来说话吧。我一定尽力相助。"

理奈老师望向魏必："其实，是想请这位妹妹帮忙。拜托了！"又是一个 90 度大鞠躬。

魏必也局促起来。

“是这样的，小彻今天在足球队遭遇了不痛快。因为，那个……我们没有支付额外的一对一教练课的能力，所以小彻的进步比其他请了私教的孩子要慢。虽然小彻真的非常热爱足球，也非常努力，不过还是在初选的时候输给了队里另外一个守门员位置的孩子。教练说，这样的表现可能进不了校队。所以小彻回到家后一直在默默流泪，也不想吃晚饭。你知道这个孩子对食物的喜爱，所以，他难过得连晚饭都不想吃，这让我真的很着急。”理奈老师连珠炮似的一口气将情况倒给我们。

魏必同学深藏已久的、爱打抱不平的细胞又活跃起来：“我去找教练理论，为什么仅仅凭一次测试就妄下断言，不是应该多多鼓励吗？他的角色是帮助小彻进步，不是吗？而不是打击他啊。”不得不承认，魏必同学说得很在理。

“哦，您会错意了，我不是请您帮小彻去谴责教练，我是想请您过去跟小彻聊聊天，开解他一下，因为毕竟您跟他年纪最相近；而且，我们确实没什么朋友。”理奈老师的声音越来越小，满脸歉意。

“哦哦，明白了，没问题，我去跟小彻聊。”魏必坚定地看看我们，信心满满地走进小彻的家里，“希望我的日语应付得来。”这句，更像是给自己打气。

我虚掩上房门。

“理奈老师，那我们还是不要过去了，给两位小朋友一点儿独处的时间。小朋友之间的沟通更容易打动对方，所以，您的这个主意真好。”

理奈老师轻轻点头：“我的能力有限，也许无法为小彻做得更多；但是，我爱这个孩子，也竭尽全力在保护他。”她的眼睛里闪着温柔坚定的光。

“你已经做得很好、很多了。”我忽然不知如何安慰。

“其实，小彻是有人类父母的，而且他们都健在。”在晕黄的灯光下，理奈老师娓娓道来，“我从没跟任何人提起小彻的身世，也因为别人也许根本不在意。甚至小彻自己也没问起过，是非常懂事的孩子。小彻的父母很年轻时就生了小彻，自己也只不过是二十来岁的大孩子呢。他们基本不出去工作，仅仅靠在虚拟世界代替别人打游戏升级获得报酬为生。小彻从很小就来到幼儿园，每天都是最后一个被家人接走，甚至有时根本没有人来接他。而小彻特别懂事，从来不抱怨诉苦，总是很平和自在地生活。直到他 5 岁时的一天，他的父母再也没有出现在他的生活中。他就这样仿佛自然而然地在幼儿园生活了下来。过了一个月，社区的工作人员才过来告知，他的父母在完全没有知会任何人的情况下签署了虚拟游戏世界的 5 年居留权。”

这种游戏规则，当时我在俱乐部的时候听一位游戏主播机器人朋友提起过。这本身是不合法的做法，即在元宇宙世界，人们可以通过多种方法获得超过规定时间限制的居留权。例如，如果你的游戏技能很强，给某些愿意氪金（网络游戏中的充值行为）但是没有技术或时间进入元宇宙的金主代打游戏；或者为某些游戏开发公司当“小白鼠”，帮忙寻找新游戏的 bug；或者为某个元宇宙虚拟平台服务，例如在 24 小时营业的游乐场工作。总之，这一切都有时间限制；但现实就像机器人希望获得非法能量一样，为了自身利益，人类也会想尽方法绕过甚至破坏规则。看来，小彻的父母就是签署了非法合约，进入元宇宙居留 5 年时间。

据我那位主播朋友说，极少数人是迫于生计如此，更多的是自愿选择留在虚拟世界中。

“为什么呢？”我当时费解地问。

“因为他们在现实世界没有什么值得留恋的。”朋友这样回答。

所以，如果是在一年前听到小彻的故事，我会义愤填膺，但现在更多的是怅然。人类自己都如此不完美，如何驾驭“完美”的机器人？

“所以，你就承担了照顾小彻的责任？”

“嗯，虽然我并不觉得疲惫或者担忧，但这确实是责任。”理奈老师抬起头，平静地对视着我，让我无法回避。

“如果是你，也会做出一样的选择吧。”理奈老师的这句话如此意味深长，但她似乎并不需要我的回应，继续说道，“虽然在别人眼中，我既要白天工作，还要晚上照顾小彻，很辛苦；不过，好在技能方面，我完全没问题。儿童养育、饮食起居、心理安全、人际社交……这些技能原本作为幼儿园老师也要具备的。我也完全不介意别人把我看成单亲妈妈或找不到交往对象的人而说三道四，唯一的困扰是幼儿园的老师薪水不高，无法给小彻经济上的支持。”理奈微微皱眉，“但是在这个世界，许多事情需要金钱来达成，甚至包括尊严。”

我拍了拍理奈老师的肩膀：“我会尽力帮助你们的。”

“啊，请不要误会。跟您唐突地说起这些，并不是要获得同情或经济上的帮助，只是单纯想跟人倾诉一下。非常抱歉！”

“我懂你的，理奈，谢谢你跟我说这些。放心，我提供的帮助并不是经济上的。”

“谢谢你们今天乐意帮忙，也从来不过问小彻的身世。”

“也谢谢你信任我们，也从不曾过问我们的身世。”

我们默契地笑了一下。

“你的合约到期后，是否会续约？”我知道这句话问得有点儿破坏气氛，但是很现实。因为小彻实在太可爱，我发自内心期望他可以永远获得理奈老师这样温柔长久的照顾。

“应该可以吧。不过，我并没想那么长远，我在的每一天都会好好照顾小彻，他也像爱家人一样爱我，甚至更多。这就是最好的生活了吧。”

此刻，魏必拉着小彻的手推开房门。

“理奈老师，我肚子好饿。”小彻仰起哭花了的圆脸说。

我们都哈哈大笑起来。

之后的一个月，我每天黄昏都会给小彻进行一小时的一对一足球训练。这些事情对于我这样全能的家庭服务机器人来说，自然不在话下。

这天，是个风和日丽的星期三。我和魏必从社区网球场回来，正好路过涩谷的巨幕，忽然，女主播温柔的声音变得紧张而严肃，我跟魏必不由自主地停下自行车。

“现在播报一条突发新闻，现在播报一条突发新闻：据悉，南极阿蒙森－斯科特科考站一天前遭受了史无前例的暴雪和极寒天气，与华盛顿总部之间的联系一度中断。待总部派遣科研及军队前往时，发现科考站已无人类生还者迹象。科考站内的工作机器人或失踪或被减灭。具体人数待查。”

一句“已无人类生还者迹象”像一柄利剑瞬间穿透了我的胸膛，就如同上次殉职时被锥刺穿透胸膛的感觉。悲伤、迷茫、愤怒、无力、痛苦，所有情感涌上来将我淹没；但是，我不能在人群中露出破绽，我还要保护魏必……魏必，啊，魏必去哪里了？！

回头没有看到魏必，我所有的情绪瞬间变成了惊恐。隔着裤袋，我狠狠地掐自己的大腿，让疼痛维持我的清醒。极目四望，终于看到魏必骑着自行车朝住所的方向狂飙。来不及多想，我跳上车。

平日 20 分钟骑行的距离，今天我们只用了 8 分钟就完成了。

我默默地跟在魏必身后，丝毫不敢怠慢。魏必头也不回，冲进家门，把头深深埋进被子里，长久地，长久地，无声哭泣。她瘦瘦的肩膀在用力地耸动，头发散落在肩膀上。也许过了一个小时，也许是一个世纪，外面的天色渐渐暗下来。

我走过去，坐在床边的垫子上，用手轻轻揉她软软的头发。从内心，我为她感到骄傲。她从出生就生活在无忧无虑的象牙塔里，却在短短的几个月里，经历了人生的剧变。

“五姐，我想打开接收器。”听到这话，我坐在黑暗里，眼泪哗地流下来。

“我也想。”我拼命点头。

接收器上显示，我俩在 24 小时前收到了同样的信息：

“那张网在扩大，但还有漏洞。

“我们在一起的时候，是能量的源泉。

“去生活，去守你的城，无论你的选择是什么，你拥有我们无尽的信任、爱和力量。答案在你手里。”

关掉接收器，我和魏必都没说话。相同的文字，对于我们来说却可能代表着不同的意义，我们也会拥有不同的解读。更重要的，对于魏必来说，这是她的爸爸妈妈留下的遗言。

“我爱爸爸妈妈，不会因为任何事情改变。我不知道那些恶意机器人或者是别的什么东西为什么要伤害他们，但是，我相信爸爸妈妈一定是正义和善良的人类，我也是。”魏必尚未从巨大痛苦中恢复，几乎是下意识地说出这些话。

是啊，两年前来到魏来先生家的时候，我是多么兴奋和骄傲。芸芸众生中，他们创造了我，选中了我，这是何等之荣光！我爱他们的聪明才智、商业眼光、刻苦钻研、社交能力、豁达睿智……

但是，为什么今天我只想念那些一起旅行、吃饭、运动、谈天说地的普通时光？这就是我们的快乐时光吧。我甚至记不清出生入死、上天入地的时刻。他们做过让我不能理解的事情，但当他们把魏必交给我的时候，我感受到的只有信任。

沉默良久，魏必先开口：“五姐，我们收拾好东西，出发吧。去守爸爸妈妈的那座城。不管这是不是他们留给我的最后嘱托，我都想做点儿什么。”

“嗯。但是，魏必，你要先答应我，守住自己，因为有我们才有城啊。”我们轻车熟路地开始整理。事实上，在过去的两个月，我们早就已经准备好了。

打开接收器的代价是，我们的行踪可能又一次被发现，我们将再一次踏上逃亡之路。虽然是只有我们 4 个分享的加密信息通道，但是，科考站都能够因为“极端天气”而毁灭，那么有理由相信人类的努力已经大部分被破解。“极端天气”不过是欲盖弥彰的高明手段。

“那张网在扩大。”应该指的是恶意机器人团体。看来，他们已经渗透到地球各地，我们得处处小心。

“这次去哪里，五姐？”

“接下来的目的地就让我们一起选吧。”黑暗中，我拉过魏必的手，“我们把想去的地方写在对方的手心里吧。”

令人欣慰的是，我们在对方手心写了相同的地点——东非。

离开之前，我们还做了一件事，将一封简短的信和一沓钞票塞进理奈老师的房门。我食言了，除了些许精神上的帮助，我也给出了些许经济上的帮助。

趁着夜色，我们再次出发，这次，我们只能靠自己。是逃亡之旅，或者是……发现之旅？

再回东非
（W视角）

在这里，我们的公开身份是一对来观看动物大迁徙的姐妹，毕竟，这里的动物一年中有大半年都在迁徙，所以，我们有足够的理由留下来；但是，一个十多岁的孩子在该上学的时候来看动物，似乎不太合情理。我跟五姐商量后的版本是，父母双亡的姐妹二人来这里排解忧愁，寻找生活真正的意义。

其实，我们一点儿没说谎吧。

在酒店安顿下来后，我们商量下一步的行动。

首先，我们已经没有什么大的羁绊，这也是我们最伤心的地方。

同时，人类反机器人的浪潮也一声高过一声。使用机器人被他们认为是人类文明的倒退，是不思进取、自掘坟墓的表现。其实也有点儿道理。

"总之，就是互相看不顺眼。早知今日，何必当初啊，人类！"魏必故作深沉地说。

"这可没有回头路选。无论如何，我觉得机器人的诞生是历史的进步；而且，他们百年来确实为人类社会做出了不可磨灭的贡献。"

接下来，我们需要制订行动计划。

"我们在一起的时候，是能量的源泉。"这是他们最后信息里的一句话。

"五姐，这可能有多种意思：我们一家人在一起的时候就能产生巨大的能量，或者说，我们在一起的时候，曾经身处能量之地。"魏必睁大圆圆的眼睛望着我，又无声地指指脚下。

"Here（这里）。"她做了一个口型。

是的，这是我们曾经一起有过快乐和匪夷所思的时光。

如果“我们在一起的时候，是能量的源泉”，仅仅指的是我们一家人物理上的在一起的话，那么这句话等于没说，毫无意义，因为我们已经不可能再在一起。那么，为什么在最后的危急关头，天才夫妇选择这样一句留言呢？

因为答案应该是后者——我们在一起的时候，曾经身处能量之地！而能量，是扼住机器人群体咽喉的最后武器。

不得不说，魏必也在这短短的几个月中成长了不少，她居然能跟我这样一个高智商机器人一样，想透这层意义；或者，无关智商，是因为她和父母之间无形的、却又永远无法割舍的情感纽带。

但是，广袤东非，能量在哪里？

“五姐，你知道漫威的系列漫画吗？在东非，有一个隐秘而又拥有世界上最高科技的小国瓦坎达，也就是黑豹领导的国家。”

“这个我知道，还看过修复后的老片‘复仇者联盟’系列，你是说……”夜晚，躺在酒店松软的大床上，我们漫无目的地聊天探讨。

“那里拥有丰富的振金资源，汇聚了巨大的能量。”

呼宝听到我们还没睡，跳上床卧到我们的枕头中间，发出心满意足的呼呼声。

“呼宝，你说，能量在哪里？”

呼宝用头顶顶我的肩膀。

“呼宝说，能量在我的肩膀里，哈哈！”

“虽然是虚构漫画，但是能量没准是真的有呢。”魏必睡着了。

很累，但是我却睡不着。我的能量还能坚持多久呢？我呆呆地仰卧在床上，目光望向屋顶。这家中土商业机构名下运营的露营酒店，主打五星级酒店的奢华和野外露营仿真体验。它屋顶的特别设计可以让我们望见晴朗深邃的夜空，星光那样明亮，房间里的模拟户外模式让我们感受到微风习习，混杂着我最爱的青草气息。

啊，还是我熟悉的香味……我不由自主地握紧了脖子上的地球形青草香水吊坠。

忽然，我的面前展开一张地图。

我的心狂跳，生怕地图消失而我错过任何细节。这是通往能量之源的地图？这是通往振金宝藏的地图？这是终极答案的收藏地点？

草原上第一缕晨曦洒进房间。魏必翻了个身坐起：“五姐，你眼睛好红啊……你不是一个晚上都没睡吧？你是熬夜机器人冠军吗？”

我示意她轻声。

“干吗呀，五姐？你怎么神经兮兮的，有头绪啦？”

“嗯嗯，昨天通过香水气息，我收到一条地图信息，我严重怀疑这就是通往能量地的地图。”

“Wow！”她用双手捂住嘴，以防惊呼从口中蹦出来，“在哪里？”

“给你看看，我不太确定。”我再次握住吊坠，但面前空空如也。"咦？！"我闭上眼睛，又重新睁开，还是什么都没有。"不对，不对！昨晚确实收到一张地图。稍等……"我手忙脚乱地打开脖子上的香水瓶，昨晚是通过青草气息传送的，应该需要通过气息再次读取，然而，还是什么都没有。

魏必担忧地看着我："五姐，没关系，我们慢慢想办法。"

我知道她不是很相信，不知道我为什么忽然情绪大爆发。

"你不相信我，是吗？哪有时间慢慢想办法？恶意团体已经在追杀我们，说不定此刻就在门外！你爸妈都搞不定的事，为什么交给我们去做？就凭一个机器人和一个十多岁的孩子，我们拿什么赢？我连自己是谁都搞不清楚，我怎么保护你？"

魏必先是吃了一惊，然后过来抱住我的头。

"我当然相信五姐，你是这个世界上我最信任的人啦。我不管什么人类或者机器人。虽然我不是爸爸妈妈那样的天才，但是我也会尽全力保护五姐的，就像你保护我一样。"

如果说，这个孩子有什么"天赋"，也许就是她善良、单纯的内心吧。我擦干眼泪。

"五姐，会不会是那种'阅后即焚'的信息？我们在学校里的求生课中学过。"我慌乱到忘了这个可能性，看来我的系统需要升级了。

"但是，我相信五姐一定记下了那张地图。"

我确实是记下了。那我们就去探险吧！

太阳已经升起，我们从酒店租了个人悬浮飞行器，沿着记忆中的路线，飞越西部草原，向前遥望，是一片森林。

“五姐，我没看错吧？这里居然有一片森林？在草原上？”

“我确信没有记错路线。也许，最不合理的安排才是最合理的安排。”

魏必点点头：“或者，这是有意而为之的信号。最危险的地方也可能是最安全的地方。”

森林里树木枝叶茂盛，我们不得不停止了悬浮飞行，改为地面步行，并进入疯狂流汗模式。着急赶路，早饭都没来得及吃，我们两个都已经体力透支。拼命支撑着来到森林腹地，确定没人尾随之后，我停下来。

“先休息一下吧，找能量重要，不让自己饿死也重要。”

魏必抹了抹头上的汗，大口喘着气点点头。我们翻出水和能量棒，席地而坐，享受着极简风的早午餐。所谓能量棒，并不是真正的能量块，而是牛肉、谷物、蔬菜和维生素合成的食品，能够快速补充体力，是现代人不可或缺的代餐，味道还不错。

“啊，真想喝一杯冰暴酸奶葡萄啊。”魏必开始玩起望梅止渴的游戏。

我故意配合她，指向前面森林深处：“那里就有家饮品店，冰暴酸奶葡萄在等着你。”

魏必不由自主顺着我手指的方向望去。雨后的森林格外清爽，每片叶子都在恣意生长；强烈的日光穿透树冠，像无数把利剑斜插进来。

“丁达尔现象！”魏必脱口而出。

“五姐，我在物理课上的‘有趣的物理’环节，还跟老师和同学们分享过这种现象。当时，爸爸还说我的演示是美丽的物理。

哈哈哈！说起这个，真是让人意难平，跟超仔这样的学霸展示的‘高深的物理’不能比啊，老师说这个太简单和普通。”

“简单的现象也可能拥有高深的内涵。”我缓缓站起身，屏住呼吸，轻轻移动到丁达尔光束的近前。在确定周围没有其他生物之后，我凑近魏必的耳朵：“你看光束洒在地面上形成的光斑，用线连接起来，就是我昨晚看到的地图。那么，这里，”我指着一块灰色的岩石，“就是能量地图上的终点处。”

能量！能量！
（魏必视角）

这里既没有振金，也没有漫威英雄，只有一块灰色岩石，和N种可能性。

它能开启一个能量通道？它代表一个能量密码？它会释放一种能量聚变？它可以产生一种能量裂变？

五姐紧锁眉头注视着石头，已经过了30分钟了。我知道她在进行信息检索分析，而且遇到了困难。出逃至今，她的每一个神经元都在24小时紧绷着，压力让她变得……脆弱？总之，在她思考的时候还是不打扰她为妙。

“没有！不是！不对！”五姐懊恼地抓头宣布，“这就是块普通的石头。”

线索，断了？

“有没有可能，丁达尔现象跟你的能量地图并无关联？”我小声嘀咕。五姐黑着脸不说话。午后的阳光渐渐毒辣起来，丁达尔现象消失殆尽。腿已经蹲麻了，我费力地站起来，不由得扶了一下旁边的石头。“哇呀呀！”我烫得顾不上低调，尖叫起来。

五姐飞扑过来查看我的手，幸好戴着无指手套，掌心没事，但是5个手指被烫得又红又疼。五姐打开她随身携带的“百宝箱”，烫伤喷雾显神功，瞬间冰爽消肿。

日光越来越热烈，几乎要被晒干。

“你是不是有点儿细皮嫩肉啊……一块石头都能把你烫伤。”五姐调侃我。

“不信，你自己试试。”

“试试就试试。”五姐小心翼翼地伸出食指点了一下石头，然后猛地缩回手，强忍着不出声，满脸涨红。

“怎么样？确实烫手吧？”

终于，五姐爆发出笑声。“我假装的，骗你的，哪里烫？不信你看。”五姐将双手张开，稳稳地按在石头表面。什么事都没发生。

忽然，五姐被一股莫名的力量定格了，她的腰际左边发出了“嘀”的轻响。

“怎么回事？”我知道那轻响意味着什么，跳上前去拉五姐的双手，希望将它们从石头上移开。五姐“嘘”了一下，示意我轻声。

“我的能量输送开关被激活。这很奇怪，但是目前没有出现不适。”她沉稳地说。

每个机器人都有一个能量输送开关，按照各自设计师的喜好设置在不同的隐蔽之处。爸爸将五姐的开关设置在左边腰际，为什么是这里？五姐没问过爸爸，她自己开玩笑说，就算手脚断了，脖子断了，只要不被腰斩，都还能驱动。

顷刻，伴随着“嘀”的一声轻响，能源补充完成。我下意识地伸手摸了摸这块灰色石头，凉凉的。

“我有点儿明白其中的原理了。”五姐专注地看着我。

“我也明白了。”

五姐经过爸爸的二次改造，拥有了大约 10 年的续航能量，当然这是指维持日常工作和生活状态。五姐重生至今已有将近一年半的时间，而且期间通过释放大量能量来挤压飞行器操控台以便脱身，所以粗略估计，她已经消耗了近两年的续航能量。而通过这块平平无奇的灰色石头，只用了大约两分钟的时间，两年所需能量已经补充完成。

太阳能转化为其他形式的能源已经不足为奇，但是如何大量收集、存贮并释放，且用时短、占用空间小、效能高，都是需要解决的问题。这远远比让机器人直接晒太阳吸收能量这种建议要复杂得多——这些事实，连我这种“学酥”都知道。

现在，这些问题似乎都有了答案——灰色能量石。

它有吸收大量太阳能的能力，并储存在石头内。当机器人与其产生接触的时候，它会瞬间释放能量，将其输送到机器人体内，转化成机器人可利用的能量。

能源就是人类操控机器人和机器人反叛的焦点。

这是多么神奇的发现！抑或是多么神奇的发明！它将取之不尽用之不竭的太阳能转化为机器人的动力！它可以源源不断地吸收，可以源源不断地释放。也就是说，谁控制了石头，谁就控制了机器人！

那么，所有的一切，出逃、背叛、绝地求生、穷追不舍、心惊胆战、绞尽脑汁、怀疑人生，与亲爱的爸爸妈妈永远相隔……忽然在一瞬间都有了答案。

现在，还有争夺的必要吗？世界上有多少块这样的石头？每块石头能够吸收多少太阳能？仅仅是五姐拥有这样的能力，还是每个机器人都能从之吸取能量为已用？

五姐过来搂住我的肩膀，将她的下巴抵在我的头上。太阳西沉，森林和草原一片金色，微风吹来青草的味道。

“虽然有那么多的疑问等着我和你去解开，但是，我还是想感谢你和自己。我们好棒啊！谢谢你，魏必宝贝。”

“谢谢你，五姐，因为你做的一切。”我挺了挺后背，感觉自己在这一年中又长高了不少，“但是，我好想爸爸妈妈啊。”我不由自主地握住了胸前的地球形吊坠。

就这样，这青草气息缓缓展开，消息浮现。我屏住呼吸，生怕吹散这一切。

“置之死地而后生。所以，W，重新回归的你就是开启能量石的钥匙。——WL”

是来自爸爸的留言。真相的碎片像拼图一样慢慢完整。

五姐为了保护我殉职那一次，不但通过了忠诚测试，并且在修复过程中获得了世界上绝无仅有的续航能力。更重要的是，爸爸将她设置成能量石钥匙。太阳、能量石和五姐，就是当今世上无敌的能量链！

“我的天！我的天！”我跳起来，双手重叠着捂住嘴，生怕漏出一个音节。

阳光下，五姐的眼睛里有东西在闪闪发光。

“魏必！”

“五姐！”

我的眼泪为什么止不住？“我们可以平息纷争吗？我们能再让爸爸妈妈回来吗？我能回去上学，跟齐时和超仔他们玩耍，惹老师生气吗？你可以继续你的周三下午湖边的快乐时光吗？你可以把能量只分给善的机器人，不分给恶的机器人吗？”

五姐紧紧抱着我的头，不停地点头，下巴在我的头顶一磕一磕。多么希望这就是磨难的终结，多么希望回到以前的时光，多么希望我们能帮爸爸妈妈守住他们心中的城……

经过跟五姐的慎重思考，我们决定将能量石留在原地。

驾驶悬浮飞行器回到酒店时，夜色已经降临。呼宝在房间里关了一整天，显然饿坏了，围着我们“喵喵”地蹭来蹭去。

“这毛孩子估计是饿坏了，咱俩只顾着放飞自我玩了一天，好过分哪！对啦，你最喜欢我们去的哪个景点？”五姐一边跟我大声说话，一边迅速开启设备捕捉异常信号，果真监测到一个陌生信号。我们酒店的坐标已经暴露。

敌人从何追踪而来？五姐和我何去何从？

“看角马斗鳄鱼，真过瘾。”我机智附和，“不过现在饿疯了，而且又困又累。接下来的一周，可不可以‘轻松游’啊……”

我边说边拿出纸笔，画了一个迎着朝阳背着行囊的小人。有时最原始的方法反而是最有效的，五姐看懂是“明早出发”的意思，比了一个“ok”的手势。

现在，我们两个确实都需要休息。一夜无梦。

诀别

（魏必视角）

五姐和我的分析是这样的：目前机器人恶意组织的目标大概率是续航能量。他们并没有掌握创造机器人的全部技术，也就是说，他们还处在“满足私欲”的阶段，即获取无限的能量以达到“长生不老”，他们还没有掌控人类社会的能力。

因为毕竟全球机器人数量是百万左右，还不足以与人类抗衡；在没有足够能源的情况下，他们很难获得大多数机器人的支持。他们对爸爸妈妈的追杀以及对其他科学家的伤害，要么是为了获得能量信息，要么是泄愤。

即便如此，因为他们无所不能的学习能力，让他们的智力呈几何量级增长。所以，未来终有一天，他们将以一敌百，以一敌万。届时，他们的欲望和力量也将无限增大。相比之下，人类的学习速度太慢了。

那么，他们为什么要追杀五姐和我呢？怕我们为爸爸妈妈复仇？泄私愤斩草除根？还是其他原因？我和五姐收到的爸爸妈妈的最后一条信息里，都包含“答案在你手里”。

我和五姐都用手触碰了能量石，我被它的能量灼伤，而五姐可以瞬间吸收能量从而让石头冷却。所以，我们应该已经解开了“答案在你手里”这句话？

带着秘密、答案和疑问，我们决定一边保护能量石，绝不让第三个人知道；一边跟爸爸生前合作的国际机器人中心取得联系，了解恶意机器人团体的人数、技能、活动范围。我摇摇头，思绪混乱不堪。凭我们两个人的力量，完全无法应对。还有，谁是盟友？

只有一点可以肯定，曾经跟爸爸妈妈一起的经历，没有一样是可以忽视的。在路上，也许可以发现更多拼图碎片。所以，下一站是——五姐在我的手心写了一个“N”。

窗外香槟色的太阳冉冉上升，非洲的草原和森林仿佛又一次被唤醒生命。

我们的酒店就坐落在草原和城镇的交界处，确切地说，是妈妈公司旗下的度假酒店；但是，在前台入住的时候，我们刻意扮作普通姐妹游客。上一次的东非之旅选择的是户外露营，也就是说，酒店的人员应该不认识我们。

整理好为数不多的物资，我们离开房间，特别来到酒店大堂向经理打听去当地一间特色咖啡馆的位置，这叫掩人耳目。

然而，百密一疏。因为实为离店，所以我们必须带上呼宝，但是又不想背着猫包，这样太过明显，所以我们选择带着猫咪牵引绳抱着呼宝出行。

“好可爱的猫咪啊。”在详细讲解了咖啡馆的交通路线之后，大堂经理对我们兴趣大增，开启了他的“社牛”模式。

“带着猫咪出行不容易吧？特别是这种完全陌生的环境，猫咪容易应激啊。”

“我们的猫猫从小就跟我们一起旅行，去过不少地方，胆子大得很。”我敷衍着准备脱身。那边五姐已经领取了悬浮飞行器，朝我使眼色快走。

“啊哈，你们姐妹可真会玩啊，带着宠物飞行。我们酒店还是第一次遇到这样的客人，可否请我们的专业摄影师给你们三个拍张合照？可能会用于酒店未来的宣传。要知道，我们可是颇有名气的中土集团，在全球各地乃至外太空都有我们的度假村和物业，我们的创始人……”

面对他的口若悬河，我心急如焚。第一，他所谓的宣传是我和五姐最不想做的事情。第二，等事件平息后，我会让妈妈炒掉这个话多得令人讨厌的经理……忽然如鲠在喉，如果，妈妈还在的话……

正在为难之时，一个高大健硕的身影忽然出现在我们面前，大声打着招呼：“嘿！你们还在磨蹭什么？去晚了就没有绝佳景致的位子了。”

他不由分说，把我们拉出了酒店门口，只剩下大堂经理独自凌乱。

“谢谢你！不过，你哪位啊？”脱身之后，五姐甩脱来人的手。

耳边响起标准浑厚的男中音：“我是纽特。”对面的人取下墨镜。

“啊，是你啊！你好！”五姐忽然羞涩起来，“谢谢你刚才的帮助。”

“纽特叔叔，你怎么会在这里？”我走上前去替五姐解围，“你应该在北极啊。”

“嗯，我就是奉命来接你们去北极的。”纽特保持着他一贯的志得意满的神态，有些人就是天生的自信啊，“你称呼我‘哥哥’也可以的。”

这和五姐写在我手心的“N”（North 的首字母）不谋而合，更让人疑窦丛生，我们都不由得紧绷起来。矜持浮上五姐的脸庞。

“奉谁的命？我们为什么要跟你去北极？”

“奉 Q 夫人之命。”

“妈妈！她在……”我冲口而出。

忽然感到五姐用力捏了一下我的手臂。

“什么时候跟你说的？”我急忙改口。

“她在去年你们的北极因纽特人捕猎之旅时嘱咐我的。她说未来一旦爆发机器人和人类的严重冲突，请我关注东非度假村的情况，尤其是你们带着猫咪一起出现的时候，就让我将你们一起带到北极。”这一次，纽特满脸严肃、认真。

“但是，我只知道这么多。”纽特说。

“哦……”五姐和我同时松了一小口气，但继而又被深深的惆帐包围。这个安排和判断方式听上去非常缜密，又是妈妈点到为止的风格。

拼图的轮廓更加清晰。

以呼宝的出现与否为判断标准，即她曾经叮嘱我“给呼宝一个家”。所以，她也坚信我一定会满足她的愿望，将呼宝带在身边。同时，如果真的是到了需要一直将呼宝带在身边的时候，那么一定是我和五姐经历重大变故的时刻。聪明！我不仅在内心感叹，同时也为自己骄傲——妈妈那么细密的心思都被我看透了。

跟随纽特，我们一行来到管道极速列车运行站的入口。通过内部员工特别通道，我们绕过严格、耗时的游客安检通道，径直来到站台入口处。只要通过这道安检关口，我们即能在不到一小时的时间内到达纽特的大本营——北极。

忽然，站内警报大作！

突发的尖锐鸣叫声让伏在我肩上的呼宝大受刺激，它飞也似的跳下地，朝着我们行进的反方向跑去，我本能地拔腿去追。这时，预警播报响起：

“亲爱的乘客，由于草原突发大火，本管道极速列车站点将立即关闭。

“所有尚未出发列车即刻停止发车。即刻停止发车。

“所有管道中即将到达的列车将依序原路返回。

“站内人群请依照工作人员指示紧急撤离到掩体中。

“不便之处，敬请谅解。”

每个人都知道，在东非这样的草原上，大火意味着什么。面对大火，人、动物、建筑、科技都显得不堪一击。防火是这里的头等安全要事。

妈妈旗下的中土公司更是将防火视为生命，所以，它拥有世界上最先进的火灾防控、火灾预警和火灾保护设施。极速列车的管道修建在地幔层，它的材质可以承受2000℃高温。整个车站的站内设施都能够承受300℃的高温；但是，草原大火的温度最高可超过400℃，而且，其巨大的火舌瞬间能吞没一座建筑！

短短几秒，我又一次站在人生重要决策的关头；然而，我还没从震惊中清醒，耳边就响起纽特坚定的声音："你们走，我去找猫咪。"

"可是，妈妈说，要给呼宝一个家。"

"它叫呼宝，是吗？我向你保证会找到它，让它完好如初地回到你们身边。"纽特双手放在五姐和我的肩上，"因为你们就是它的家。虽然我不清楚Q夫人让我将你们安全送往北极因纽特人所在地的原因，但是，我相信Q夫人的判断，我也会拼尽全力去完成任务。"纽特用他特有的明亮而温柔的目光跟五姐对视，"所以，去吧！"

五姐避开纽特的目光，转头对我说："魏必，纽特说得对。我要保护好你，我们有使命去完成。"

话音未落，身后通往站台的最后一道闸门缓缓落下。播报再次响起："所有通道关闭！所有通道关闭！即刻停止发车！即刻停止发车！"

"来不及了！"说时迟那时快，纽特越过我们冲向闸门，以全身之力扛住下落的闸门！然而，他只能延缓一点儿闸门运行的速度，却无法阻止它的下落。

“快进站！”他几乎在嘶吼。来不及多想，五姐和我飞速冲向前，闸门距地面已经不足 1 米！我们俯身滑进站台的一刻，纽特竭尽全力向后侧翻滚，闸门在我们中间“咚”的一声落地。

“我会找到呼宝。”隔着闸门的窗口，我们通过口型辨认出纽特的这句话。

火来了，把纽特的脸映红了。

来不及伤感，我们奔向列车。小小胶囊形状的列车整齐排列在管道中，然而，所有——列车——停运！

“不可以让纽特和所有人的努力付诸东流。”

“五姐，你要怎样？呼宝已经丢了，我不要跟你分开！”

“不会的，你放心。魏必宝贝，我现在要做一件事情，只有五成的把握成功，但是，我想不到其他的方法，只有一试。”

“五姐，只要跟你在一起，怎样都没关系。你试试吧……要我做什么？”我忽然冷静下来。

“你坐稳。无论发生什么，都不要插手。”

车厢外轰隆隆作响，不知道是警报声，大火声，还是材料受热后发出的声音，如地狱般压抑。我用余光瞟见闸门的金属板已经变形，仿佛随时要熔化。

五姐扑向列车操控台。我忽然明白了她要做什么！所谓停运，就是切断了能量源，只要有能量驱动，列车就可以前进！

五姐从随身的箱子里取出能量连接线，将一端插在她的能量端口——其实，端口只有 1 厘米左右，另一端插入列车驱动端口。重生的五姐拥有世界上最牛的 10 年续航能力，虽然之前有消耗，但她从能量石上吸收了未知量的太阳能转化能，相信她有足够的能力驱动这历时 1 小时的列车行进！

随着“砰”的一声巨响，闸门轰然坍塌。与此同时，列车倏地启动，飞驰出去，只瞥见身后的一片火海。

“魏必，过来吧。”五姐召唤我。列车在极速管道中平稳行驶，后面已经听不到外界的声音，也感受不到大火的炙热，我知道我们已经成功地将无名而凶猛的草原大火抛在身后。我乖乖地坐到五姐身边，握紧她的手，仿佛这样可以给她能量。

“不知道我的能量可以持续多久，一旦列车停下来，你只能冒险打开个人通信器，尝试跟国际机器人中心取得联系。我知道这意味着极大的危险，但是至少可以让人知道你在这里。无论是敌是友。朋友会想办法救你出去，敌人会想办法抓到你。被抓到，总比……”五姐没有说下去。

我默默点头。千言万语，无从说起。

“这场大火发生的时间和地点也未免太巧合了吧。我知道草原大火通常是由雷电引起，或者是人为放火，希望借此烧毁树木留出空间让草生长用于畜牧；但是今天发生的大火，两者都不是啊。”

五姐竖起大拇指：“我的宝贝真的长大啦，分析得非常有道理。我也不认为是自然灾害，而且，一定跟酒店房间里监测到的入侵信号有关。”五姐轻轻闭上眼睛，“希望呼宝和纽特都没事。”

“五姐，至少我知道能量石会安全。”此时此刻，我只想让五姐安心一点儿，“因为如果大火是向我们这边吹的话，就是能量石所在处的反方向，所以，它不会被损毁，也不会暴露。”

五姐睁大眼睛看着我，然后用大拇指在我的额头上狠狠按了一下：“真棒啊，你！”

“我还知道，他们每次都用自然灾害的形式来实施他们的杀戮行为。雪崩、暴风雪、草原大火……不知道下次又会是什么。”

“呸，呸！”五姐赶紧啐了几下，“快别这么说，不会有下次。”没想到她还挺迷信。

“五姐，你累吗？”当前行程已过大半，我担心五姐的能量值。

“嗯，好困。”

不能让五姐睡着，前功尽弃不说，五姐还可能直接进入休眠状态。

“五姐，我们来聊点儿刺激的话题吧。英雄纽特和绅士，你喜欢谁？”我故意挑起话题，让五姐保持清醒。

“现在聊这个合适吗？”五姐疑惑地看着我。

“合适啊。要我说，你还是喜欢绅士。虽然他可能是恶意团体中的一员，但是就像穆念慈喜欢杨康一样……”

五姐眼睛中掠过一丝惊诧，随即平和。

我知道自己说中了五姐的心思，但是我不再追问。因为，我们已经到达目的地。

“五姐！”我用力摇晃下一秒就要睡着的五姐，“我们到啦！我们到啦！”

列车舱门缓缓开启，门外是礼貌周全的服务人员：“欢迎来到因纽特人营地！”

下一块拼图
（魏必视角）

站台上两位身形高大、包裹在皮风衣里的因纽特人朝我们走过来。定睛一看，一位是须发皆白的老爷爷，一位是略比我年长的、双颊通红的少年。正是首领爷爷和他的猎手孙子肯亚。

“欢迎回家，孩子们。你们一定有很多问题，不过，现在最好先到营地休养。”

出于反信号追踪的安全考虑，我们极少开启个人通信触屏。出逃以来仅有的几次，都招致了恶果。那次在火星发送信息给齐时，暴露了位置，不得不把五姐和我自己故意暴露给恶意机器人来换取火星之家的安全，而代价就是在南极的科考站附近遭受“雪崩”攻击。

跑到东京后，从公屏获知爸爸妈妈的消息，打开接收器读取他们留下来的最后一条信息；但是，我不理解，为什么恶意机器人可以追踪我们到东非并制造火灾？他们已经如此丧心病狂！火灾造成的伤害范围远远超出五姐和我。纽特怎么样了？还有呼宝……

不知道是因为我的思绪，还是寒冷的天气，我打了个寒战，瞬间清醒。此刻，已经来到营地门口。

这里是妈妈的中土集团开发的旅游度假地，即便是在自然条件恶劣的北极，度假村内依然设施齐全而精良。在雪屋穹顶下舒舒服服洗了个热水澡，我和五姐像婴儿一样进入梦乡。

逃亡的大半年以来，最大的本领就是学会了无论在何种情况下都能安然熟睡，也都能一跃而起。

一觉醒来，已经是傍晚时分。此刻是由夏入秋的时节，北极圈内的日照时间越来越短。

“五姐，你睡醒了吗？”我趴在五姐耳边轻轻地问。

“啊——好舒服的一觉。”五姐伸了一个懒腰，坐起来。

我指了指她的腰际：“你还好吗？”

五姐转身检查了一下。“啊！”她低声惊呼，“居然还有 60% 的续航时间！”

我们分别捂住自己的嘴巴。这是出逃大半年来，我们两个做得最多的动作，已经习惯。

“怎么还剩这么多？”

“驱动极速列车的时候，我感觉自己已经精疲力竭了，原来只是疲惫，并不是能源耗尽。正常情况下，机器人即使用尽所有能量，也不足以支撑列车行驶 10 分钟……”

当，当，当——

有人敲门。站在门外的是肯亚：“爷爷请你们去一起吃茶，顺便有事商讨。”

我跳起来：“你会说中文？”

“会一点儿。”

“你还会什么？”

“慢慢告诉你。”

饭厅里坐着首领爷爷，还有一位陌生人，四五十岁的样子，消瘦阴郁，依稀记得两年前的猎杀海豹之旅曾遇到过他。

首领爷爷开始讲话，五姐轻声帮我翻译。若是使用触屏，则连因纽特人基地都有暴露后被捣毁的可能性。我和五姐不敢冒这个险。

“希望你们已经休息好了，孩子们。因纽特人欢迎你们！我知道你们身负重任，所以就不客套了。我是受魏先生和Q夫人的委托，在必要的时候对你们施以援手。因为他们生前曾经给予我们莫大帮助。”

当听到“生前”两个字的时候，我的眼泪哗啦啦地流下来。从一开始，我心中就明镜似的知道，爸爸妈妈没有生还的希望，但从他人口中再次被印证，仍然是缓慢的连绵不绝的钝痛。肯亚递给我和五姐每人一块热毛巾。

“因纽特人是知恩图报的，他们帮助我们兴建家园，提供生活必需的物品、设备和技术，还有延续生命的学校、医院……作为回报，我们答应魏先生和Q夫人在这里兴建秘密的国际机器人中心。这位就是中心的负责人Y先生。”

瘦削的中年人朝我们点点头。

“抱歉打断您。”我迫不及待，“请问，您知道东非草原大火的情况吗？过去的6个小时，有什么消息传送回来吗？纽特怎样了？我的猫咪呼呼恰恰找到了吗？”我一口气问了几个问题，五姐帮我翻译。

“嗯，孩子，我就请Y先生来回答这个问题吧，纽特是他们中心的人员。”

“好的。”Y先生欠了欠身，“据当地的中土公司人员反馈，草原大火基本被扑灭，这个新闻上也有播报。初步判断，是人为纵火，不过，当地警察和国际刑警还在调查中。管道极速列车的车站已经被损毁，不过，管道基本保存完好，大部分列车也保住了。”

“那人员呢？”我心急如焚，为什么他们讲话总喜欢绕弯子？直接回答我的四个问题不好吗？

“还不确定。”

什么意思？没等我问，五姐先跟上了：“‘不确定’是什么意思？”

“我们检测到芯片还在发出微弱的信号，但是搜救工作还在进行中，暂时没有任何生命迹象。”

“No news is good news（没有消息就是好消息）.”我小声嘟囔了一句。肯亚朝我微笑了一下。哦，原来他也懂这句英文俗语。

“你的猫咪暂时还没有消息，不过，我们有理由相信，它会跟纽特在一起；因为此前纽特负责捕猎项目，具备追踪动物的能力。”

有理由相信？嗯，好吧。虽然我讨厌似是而非的话，不过，这次我选择相信。

“总之，有消息，我会第一时间告知你们。”这次，Y 先生坚定地点点头。

一直很少说话的五姐接过了话头。

“首领爷爷，请问，纽特带我们来这里做什么？您知道吗？”

首领爷爷点点头。

“这一系列冲突和灾难的源头是能源。可以说，谁控制了能源，谁就会赢得主动权。最突出的矛盾是人类和少数机器人群体，当然，也有人与人之间、机器人与机器人之间的矛盾。”

首领深吸一口气，跟肯亚对视了一下。

“接下来，你们听到的秘密，对于你们来说是责任和威胁，这也是魏先生和 Q 夫人让纽特带你们来到这里的原因。”

我和五姐不约而同深吸一口气，静心倾听。

“北极因纽特人的居住地蕴藏着巨量的未开发能源。”首领爷爷揭秘。

早在 21 世纪初叶，当时的美国地质调查局曾宣布，世界的南北两极蕴含着巨大的矿产资源。据说，仅北极地区就拥有 900 亿桶原油储量和最少 47 万亿立方米的天然气储量，使北极一跃成为地球上最大的未开发能源地区。也有科学家认为，北极地区的石油储量可能超过了大多数人估计的储量。

更诱人的是冰盖下和周围海床中的可燃冰。它是一种可以替代石油或煤炭的清洁能源。据估计，这些可燃冰的储量有可能超过地球上现存的所有化石燃料的总和！这些能源可供全球使用 500

余年。

作为地球上最后的净土，多国联合发表声明，禁止开发和利用这里的大部分资源，只有少量在不同国家境内的资源允许被开发。

由于地质条件、气候条件、技术能力等众多限制因素，如此巨量的资源储藏，在经历百年后开采量仍然极少。

难道……

“我们已经拥有了开采这些资源的能力。”正在我脑补的时候，Y 先生打断了我的思绪，“并且获得了因纽特人的开采许可。”

如果有镜子的话，我一定会看到五姐和我的眼睛睁得像铜铃那么大，嘴巴张得可以扔进去一个包子。

“遵照 Q 夫人的嘱托，我们必须在最安全的环境里，当面将这个消息告诉你们。这是个足以颠覆全球格局的信息，所以，需要绝对保密。即便是接你们前来的纽特，也不知情。”

我们用力点点头。

“开采、储存、运输、分配、使用、保护、规则，也许还有很多我们现在想不到的问题出现。这确实是一份责任。Q 夫人除了请您告知我们之外，有没有其他嘱托？或者，您觉得我能帮助些什么？”五姐问。

“孩子们，谢谢！Q 夫人的全部信息就是这些，无他。”

离开议事厅，五姐和我陷入沉默。9 月的北极圈，日照时间变短，但寒风并不猛烈。

“我不知道应该做什么。”

“或许，我们该离开这里。”我已经在经验教训中成熟了，“我们每到一处就带来……会伤害到别人。”我没办法说出“灾难”两个字。

“确实；但是又觉得不会仅仅因为一个‘不能说的秘密’，而冒着巨大的危险将我们带来这里。我们一直都是‘被动挨打’，难道没有一点点反击的机会？至少，我想找出他们是谁。”

我理解五姐的意思，对于恶意机器人组织，目前，我们只知道有“绅士”。

“我带你们出去转转吧，如果你们不累的话。”背后传来肯亚的声音。

我正好闷得够呛，而且思绪不宁，找人聊聊天不失为好办法。9 月的天气正好，冷而不寒，让人清醒。

“你的爸妈也不在了吗？”没想到，聊天内容一开始就这么让人伤心。

没等我回答，肯亚自顾自地说：“我认识他们，他们是非常友善、智慧的人。是他们募集资金、汇聚资源，在这里筹建学校和医院，所以，我也学会了汉语、英语和西班牙语。

“我‘赶上了好时候’，爷爷经常这样说，要感谢你的爸妈。你很像他们。”

哈，还挺会夸人的。五姐在旁边似笑非笑地扬起嘴角。我刚想自谦“我跟他们相比可差远了”，肯亚又开始继续他的独白：“我的爸妈也不在了。在我很小的时候，那年春天，他们的捕鲸船在满载而归的时候遇到了冰山……他们都是非常优秀的猎手，我还记得妈妈唱歌非常动听。”

说着，肯亚立在岸边轻轻唱起来。虽然我一句歌词都听不懂，但是旋律非常优美婉转。我极力运用 3 年半吊子钢琴基础乐理来解读肯亚的歌声，却只是觉得动听。也许这就是乐理老师每堂课必谈的“情感”的运用。可惜，我现在才悟到。

“这是我小时候妈妈经常唱给我听的歌，每次出海，每次回来，每次节庆，都会唱。”

天色渐渐暗下来，我们立在岸边，久久无言。

“肯亚，给我讲讲你们的捕鲸活动吧！上次来的时候，错过了季节。”五姐找到话题，打破沉默。

“捕鲸是我们因纽特人的骄傲。”肯亚的眼睛里有光，“白鲸、角鲸、灰鲸、弓头鲸、座头鲸和逆戟鲸都有，我小时候有更多。每年 4 月中旬，进入我们的捕鲸季节，最迟会延续到 6 月初。为了好好利用这一个多月的时间，爸妈总是提前到达鲸群经常出没的海面，等候鲸群的到来。

“捕鲸活动对我们来说，就像每年的盛大仪式。村里的捕鲸船全部整装待发，一大半男人要参加捕鲸队，但只有极少数的女性能够获得加入捕鲸队的资格。姑姑、婶婶们负责给捕鲸队做饭，提供补给。集结人手、准备物资后，捕鲸队会选择鲸群经常出没的地方安营扎寨。这也是一门学问。

“这个季节，海面上会出现很多艘捕鲸船，每艘船间距约 200 米，大家都有约定俗成的狩猎范围。再然后，就开始每天 24 小时的守望，大家不知疲倦地瞭望海面，搜寻鲸群的踪迹。”

“真带劲儿啊！”我不禁惊叹，“明年的 4 月，我可以来参加吗？”

“你只能参观。”夜色将至的微光中，肯亚腼腆地笑笑，“你太小了，你有……”

“12岁。”我急忙回答。我不是小孩子。

“不到。”五姐不近人情地适时补充。

“我们族要16岁才可以出海。我明年就可以参加了！”肯亚略带骄傲，“精彩的还在后面呢！捕杀鲸鱼这么巨大的哺乳动物，不论是在冰上还是水中，都是一件非常艰苦而又充满危险的事情，需要耐心、毅力和高超的技术。变幻莫测的天气时刻威胁着船只，狂风巨浪随时可能把船掀翻；鲸鱼尾巴只要一摆，也能轻而易举将小船掀翻；浮冰更能像捏火柴盒一样，把皮划艇挤碎。到了夏初时节，脚下的冰随时都会破裂，掉到水下就是死路一条。所以，我们都是集体作战，组成捕鲸队，一队有8名成年男子，其中要有1名经验丰富的猎手充当队长。一般由6名划桨手、1名舵手、1名投叉手组成。我爸爸是最优秀的投叉手，妈妈是最能干的舵手。”肯亚滔滔不绝。

“捕回来的鲸鱼如何处理呢？”我忽然又有点儿同情鲸鱼。

“如果捕鲸季节丰收，那么当年冬季就不用发愁了。肉和脂肪差不多可以满足我们一年中大部分食物和燃料的需要。捕鲸季节过后，我们都要举行盛大的节日庆典。包括举行宗教仪式，感谢神灵的保佑，感谢鲸给众人带来丰富的食物，安抚鲸的灵魂，祈盼来年还会有好收成。还会邀请朋友们分享我们的喜悦，一起唱歌、跳舞、玩游戏，尽情欢乐。”肯亚郑重地说，“明年，邀请你们两位一起参加庆典活动。”

“好那！”我好期待，“说明你有信心成功。”

“嗯，虽然鲸鱼的数量越来越少，捕猎的困难也越来越大，但是，我相信会成功。它越来越成为一种仪式，而不仅仅是食物和燃料。毕竟，魏先生和Q夫人已经帮助我们通过其他渠道获得必备的物资了。”

这时，一位因纽特中年大叔疾走过来：“孩子们，你们在这里啊。快来议事厅，Y先生有紧急事情。”

听罢，我们拔足狂奔。

100多年前的玩笑话“通讯基本靠吼”应该就是这种状态了。在这里的营地，仿佛可以远离科技世界，远离纷争。

进入议事厅，首领爷爷和Y先生都在。空气异常凝重。虽然在出逃的大半年来，已经不是第一次经历打击，不过，我的心脏还是怦怦狂跳。

“一条坏消息、一条好消息和一条……喀喀……消息。”

什么是“一条‘喀喀’消息”？我心想。

Y先生开门见山：“找到纽特了；但是他已经殉职。对不起！现场人员投入了大量的救治工作，但回天乏术……”不用再说安慰的话了。

虽然第一次见面时，我觉得他跟五姐谄媚有点儿油腻，但是，我会永远记得东非站台上他真诚的眼神。

“是他救了我们，他的殉职也是因为我们。我们能为他做点儿什么？”五姐问。

Y先生摇摇头：“你肯定不想看到他被发现时的状况……所以，你们已经什么都做不了了；而且，他关闭了信息存储功能，为了防止被追踪，所以，最后的情况，我们无从得知。”

“你肯定不想看到他被发现时的状况”已经说明一切。相信Y先生跟我们一样想知道当时到底发生了什么。

“可是，几个小时前，你曾说过检测到微弱的信号？”我追问。

“确实。这就是我要说的好消息——你的猫咪，是叫呼呼恰恰吧？我们找到它了。”

万岁！乌拉！Hooray（好极了）！我把自己会的语言的最高级感叹词都使用一遍！

“确切地说，是纽特找到了它。因为纽特用身体挡住了烈火，所以猫咪只受了轻伤。”

啊啊，纽特！你兑现了承诺。

我暗下决心，等冲突平息、人归故里后，我一定要奋进、努力、拼搏，学习高精尖科技，还原纽特生命中的最后时光，复活纽特这个人！

“我什么时候可以见到呼宝？”

“应该很快，等几天它的伤大部分痊愈后；不过，我们现在要谈第三条消息。”Y先生说。

“是呼宝身上为什么会发出信号，对吧？”五姐忽然加进一句。

Y先生微微颔首。我大吃一惊！

“之前检测到的信号原来不是纽特发出的，而是猫咪。简明地说，它身上有信号发送器，而且，频次跟机器人的特有频次如出一辙。这就是我们当初将它误判为纽特的信号的原因。”

五姐和我对望，Y先生的话掷地有声，清晰有力。它给了我们答案——我们为什么一直被恶意机器人追踪，因为呼宝在向他们发送信号！

那么，之前从火星逃离到南极的时候，那场人为的雪崩是因为呼宝而不是下载电子书被绅士追踪？

呼宝是真正的猫，而不是机器猫，它什么时候被植入了芯片？

为什么我们一直都没有发现？是疏忽，还是芯片可以被远程激活和关闭？

我的大脑再次飞速旋转。有些问题要问，有些消息要分享，有些消息打死也不能说。信息分类，信息检索。

“首领爷爷，Y 先生，谢谢你们告知这些信息；但我需要安静一下。”我站起来走出房门，瞥见欲言又止的肯亚。

漫漫归途
（W 视角）

跟魏必一起回到房间。现在至少有一点可以安心，没有信号追踪，我们在这里暂时无人知晓。

北极漫长的夜来临，我整理着思绪。可以肯定，魏必也在做着同样的事情。必须说，此程不足一年，她成长良多。

我们发现或者拥有的：

1. 我们彼此；

2. 东非能量石；

3. 北极能量场；

4. 盟友：首领爷爷，肯亚，Y 先生，家乡的朋友，同学，老师和我的快乐时光俱乐部的（一些）机器人朋友，被除去芯片的呼宝。

我们未知的：

1. 恶意机器人团体的构成；

2. 恶意机器人团体的真正目的；

3. 如何制约他们。

我们失去的：

1. 魏来先生和 Q 夫人；

2. 纽特；

3. 绅士（不再是朋友？）；

4. 一桥。

当最后一个名字浮现在脑海里的时候，旁边的魏必吐出相同的名字。

“五姐，我想，只有这个答案。呼宝两个月大的时候，我们从社区宠物店把它带回家，当时是一桥哥哥亲手将它交给妈妈和我的，他还说：‘唯一的请求是，给它一个家。’当时呼宝回到家，我们也给它做了检查，没有发现任何异样。那时，你还没来我们家。

“呼宝4个月的时候，我们带它回宠物店做牙齿护理，但是回来之后就没再做安全检查。我想，一桥就是通过这次牙齿护理的机会将追踪芯片植入呼宝的牙齿的。一桥是唯一能近距离亲手操作这件事的人。”魏必意识到用词不当，立刻纠正，“机器人。”

“魏必，你想没想通魏先生和Q夫人指引我们来到这里的用意？”

“一是在无干扰状态下获知能源储备；二，也许是肯亚吧。虽然我还不知道详情。”

我同意魏必的分析。

“所以，五姐，虽然我好想赶快见到呼宝，但是我们还是应该留下来，慢慢探索真相。你说呢？”

我像以前一样，在魏必饱满的额头上狠狠按下大拇指：“完全同意。”

我们在因纽特营地附近的度假村住了下来。每天，日出日落，看他们凿冰捕鱼、猎杀海豹，帮妇女们缝衣煮饭；偶尔也会遇到首领爷爷带着肯亚管理族人的日常事务，遇到Y先生在国际机器人中心匆匆进出……每天仿佛都是重复、重复、重复，仿佛世界上的其他地方都不存在了。

我们一直找机会接近肯亚。终于，今天是我25岁生日，早早起床，我请魏必将生日会的请柬交到肯亚手上。

“就跟他讲是一个好朋友间的晚餐聚会，不会有什么正式活动，也不用带礼物，他可以随意带朋友来参加。”

下午5点，这里已经天色渐晚，我和魏必来到度假村的一间中型餐厅，这里大约可以容纳20个人。肯亚带着他的朋友们也陆续到达。看得出，这里的年轻人也非常渴望这样的社交场合，大家都精心打扮，女孩子都化了妆，佩戴首饰，男孩子也将头发、指甲修剪整齐，脱去厚重的外套，羊毛衫和卫衣成为主流。一群十几二十岁的孩子在一起说笑打闹，轻松惬意。

肯亚今晚穿了一件墨绿色的猎装，看上去可比15岁的孩子成熟，可能跟他从小就经历家庭变故和接受未来首领的必要训练有关。他细长的黑眼睛很深邃，总好像藏着许多故事。回头看看我们家魏必宝贝，转眼我们已经相识整整两年，她长高了，成熟懂事了，有点儿大姑娘的味道了，可是唯一不变的是清澈见底的眼神。

此刻，肯亚朝我走过来，双手交给我一个白色的小盒子，像是鱼骨制成的。

“生日快乐，W姐姐。”

“啊，谢谢你，肯亚！虽然请柬上说明了不用带礼物，不过，我还是非常开心收到任何你为我特别准备的东西。”我小心翼翼打开盒子，里面是一枚小小的精致哨子。

“W姐姐，这只哨子是用已经灭绝了的麝牛的角雕刻出来的。它的材质柔韧有弹性，能够将气息收集并发送出去很远，即使是在经年狂风暴雪的北极，声音也能够在风中传得很远。金属或者其他材质可能在极寒的情况下结冰或者破裂，但是，它不会。”肯亚自信满满，“而且，是我做的。”

这个孩子好细心，而且逻辑清晰严谨。我不禁在内心感叹。

“非常感谢，肯亚！我超喜欢这个生日礼物，是我最喜欢的礼物之一；但是，这会不会太贵重？”

“收下吧，这有特殊的意义。”肯亚的言谈举止很有未来领袖范儿。

“在科技超级发达的今天，似乎没有什么是科技不能解答的。有时候，我想，科技的发展没有穷尽，但是在这里，或者在你无法使用科技的时候——就像现在的你和魏必妹妹所处的情况——反而是那些看似原始的东西能发挥作用。”

没想到，这孩子的思想还这样深刻。

“那我就开心地收下啦！我会好好保存它、使用它的。对啦，如果你愿意，可以像魏必一样，叫我‘五姐’。”

“五姐，那太好了啊，我一直希望有个姐姐……”肯亚的语调略带伤感，“非常羡慕那些有兄弟姐妹的家庭，不过，这对于我来说已经不可能。目前，我唯一的亲人就是爷爷。”

“如果你希望，还可以拥有一个叫魏必的妹妹。”话一出口，又有点儿觉得不妥，连忙将魏必呼唤过来，“魏必，你想要一个哥哥吗？”

魏必秒懂，但是出乎意料地回答：“哥哥和朋友都没关系，只是一个称谓，只要我们诚恳支持对方。你说呢，肯亚？”

“五姐，你吹一下哨子吧，让我也长长见识，而且，说不定哪天，你真的吹起来，我也能够辨别得出这种声音。”

轻轻一吹，丝毫不费力气，哨子发出悠长持续具有穿透力的声音，飘向远方。几秒钟之后，同样的声音从度假村外飘来。

“是爷爷的回复哨，他也有同款哨子。”肯亚解释，扭头留意到旁边满脸羡慕的魏必，温柔地说，“等你 12 岁生日时，我也送你一份特别的礼物。你很喜欢动物对吧？想跟它们交流吗？”

“当然啊，谢谢肯亚哥哥。虽然还有半年过生日，但我可以耐心等待。”光彩回到魏必宝贝的脸上。

啊，真是开心的一晚。收到意义深远的礼物，又认识这么多有想法、有活力的人类孩子；我的魏必也长大了，思考问题逻辑清晰。可以说，这是逃亡以来最开心的一晚，第一次让我觉得希望永远会在。

第二天一早，我对魏必说，我们可以离开了，因为我想我们已经解锁了这一站的任务。

“五姐，你真是太强啦！不过，是什么任务呢？我们是怎么解锁的？”魏必一脸狐疑。

“找到友情。肯亚就是答案。他会成为我们的盟友，蕴含无限能源的因纽特就是我们的大本营。”

“哦！”魏必恍然大悟，“就这么简单？”

“这一点儿都不简单。”你慢慢会知道赢得真正的盟友有多难，我心想。

然而，还有更大的新闻在等着我们。

Y 先生派人来请我们去机器人中心会面，说有重要的事情告知。

中心会议室里，首领爷爷和肯亚已经落座。我用眼神向 Y 先生迫不及待地发问。

“嗯，当地警察抓获了在东非纵火的人——机器人。通过他的供词以及你们提供的一桥的线索，警方和我们联手，已经大致掌握了此次恶意机器人团体的人员构成和主要人员的动向。我们或许有扳回一局的可能。”Y 先生意味深长。

“我们什么时候可以知道成员都是谁，他们在哪里活动？”

“孩子，在必要的时候就会让你们知道的。你们不是警察，也不是中心人员，所以，我们不会随意让你们牵扯进来，也是出于对你们安全的考虑。”Y 先生回答魏必。

“那我们能做些什么呢？”

“孩子，这就是我想告诉你的另外一个消息——你的猫咪已经痊愈，被运回这里了；而且，我们也找到了它身上携带的芯片并拆除进行研究。对了，谢谢你提供的信息，芯片确实在猫咪的牙齿里。”

魏必激动地看着我，她一定在为自己的机智喝彩吧。

“现在，它就在接待室里，肯亚可以带你去看它。”Y 先生朝我点点头，眼中有一丝不易察觉的含义。

“耶耶耶！现在就带我去吧。五姐，你也一起来吧！”魏必撒欢地跟着肯亚跑出去。

“好啊，你先去，我马上就来。”

会议室里只剩下 Y 先生、首领爷爷和我。

“Y 先生，是有什么事情要避开魏必单独跟我谈吗？”

“的确是这样，你果真非常通透。这是一件绝密、重大又必须是由你来完成的事情。”Y 先生说。

短暂分别的呼宝并没有遗忘我们，它见到我就颠颠儿地跑过来蹭来蹭去，还撒着娇翻肚皮。它似乎并不知道围绕着它发生的一切，阴谋、利用、关爱、守护和重生。

“你这个臭宝可惹了不小的麻烦，不过，不是你的错。”魏必点着它的鼻子说，“五姐，我们终于团聚了。现在，是去下一站的时候了。”

“没错。下一站是‘不入虎穴，焉得虎子’。”

“五姐，我们想的目的地是相同的吗？”

“我想是相同的——回家。”

在外漂泊、逃亡已经一年，失去和收获都有，但却无法比较。我们知道，现在是回家的时候了。

第二天清早，肯亚送我们来到管道极速列车的站台。

“魏先生和Q夫人给了因纽特人希望，所以爷爷请我转达，无论发生什么，这里永远欢迎你们。”

“谢谢首领爷爷和肯亚哥的款待，也希望有一天，你们能来我们家做客，大门永远向你们敞开。”魏必礼貌而诚恳。

只需要30分钟的车程，我们即可到达“家”，但是我们却整整在外一年，绕了地球一大圈，才有勇气踏上归途。

列车轻轻驶入站台，这里的人们依然行色匆匆。令人吃惊的是，一路畅通无阻，出了站台，租用了悬浮飞行器，十几分钟即到达我们曾经的山顶社区入口。说是入口，其实并没有什么大门或门岗，现在的智慧型社区是无须那些物理形式的区隔的。我和魏必打开个人触屏，自动接入社区的系统。

“My face is my pass”（我的脸就是我的通行证），这是几百年前就有的一句话，而现在是“我的一切就是我的通行证”，“一切”包括面容、体态、声音、动作、气味等。

一路经过魏必的学校、嬉戏的乐园、餐馆、体育馆、宠物店、图书馆、冷饮店，当然还有从前令我们流连忘返的中心湖，湖边小叶榄仁依然葱葱郁郁。今天刚巧是周三，下午的快乐时光俱乐部聚会还在继续吧？

家，就在眼前，解除安全系统进入，家里一切如昨。花花草草有自动灌溉机的呵护，依然在茁壮成长，只是未经修剪，长得恣意洒脱。

除了家具上薄薄一层灰尘，这里的一切都没有改变，仿佛我们一家只是出门度了一个长假。

呼宝撒欢儿地上蹿下跳，东闻闻，西蹭蹭。它的小玩具、攀爬架都完好无损。

我找到魏必的时候，她正闭着眼睛躺在自己的床上。走的时候匆忙，被子都还摊在地上，眼泪无声滂沱。

“五姐，这里还有妈妈的味道。”

“魏必宝贝，我们在这里住下来吧。”

她用力点点头：“就算是轰炸、刺杀和绑架，我们都留下来面对。”

“嗯嗯，”我努力抑制住情绪，“别忘了我们的目的——‘入虎穴，得虎子’。我们可不是来坐以待毙的，我们是来绝地反击的。”

魏必坐起来，坚定地看着我。

“告诉我怎么做吧，五姐，无论任何代价。”

“无论任何代价，你都准备好了吗？”

魏必的眼睛里掠过一丝不安，但只有那么 0.1 秒。

“是的。”

“那好。Y 先生昨天提到‘从抓捕的纵火机器人口中，得知了此轮恶意机器人团体的行踪和大部分成员’。”

“嗯，但我后来跟肯亚去接呼宝，所以没有听到细节。”

我深深吸了一口气，继续说下去。

“我们刚刚暴露了行踪，当然是故意的；所以，‘他们’很快就会赶来。Y 先生和警方已经部署好，准备请君入瓮，并一网打尽。”

“你估计他们还有多久赶来？”魏必的声音里透着紧张，但是没有犹豫。

“可能半个小时，可能两个小时；不过，在他们赶来之前，我们还要去办一件事情——去齐时家里拜访一下，我相信那里有些答案。”

一年后，我们来到齐时已经荒芜的家园。与魏先生和 Q 夫人设计的“可持续”家居生态环境不同，齐时的家长注重奢华体验，因为疏于保护和系统管理，庭院已经杂草丛生，风沙侵袭。当然，最明显的，还应该是人为的破坏痕迹，客厅和卧室都有破窗和搏斗的痕迹。

在齐时房间的门口，我们发现了大荣斑驳的躯体。魏必差点儿尖叫出来，她及时咬住了自己的衣袖，慢慢靠着墙壁蹲下来，抖得像风中的叶子。

嗯，我小心翼翼地输出自己的能量，激活了大荣的个人触屏。存储器里，我们看到了一年前这一端世界发生的故事。

那天夜里，当魏必的一条孤独求助的信息被齐时读取时，她的全家正在被一群恶意机器人囚禁在家中，而带头的正是大荣。

说实话，我并不吃惊。毕竟，大荣之前被冤枉，她自身性命难保，被游说加入恶意群体也是事出有因。大荣并没有伤害齐时和她的家人，相反，当蒙面人出现的时候，她试图阻止他们带走齐时。当她看到齐时的爸爸妈妈因为反抗蒙面人被轻易地杀害时，我相信她的内心会有悔恨和迷惑。

她扑上去说："我也是机器人，但我不理解你们为什么这样！事情有因果，可以惩罚他们，可以讲道理让他们认错！为什么杀人？为什么？！" 蒙面人中的一位，中等身材，背对着镜头说："因为是他们先任性又冷酷。"

这个声音好熟悉。

"是体育场看台上说'输不起的人类，机器人没有错'的那个人！"魏必一语道破。

画面中，大荣愣住了，继而拼命挡在齐时和蒙面人中间，虽然几次被推开，但她依然挣扎着爬起来。最后，蒙面人显然失去了耐心，他转头对另外一位身材消瘦挺拔却始终默不作声的人说："软弱和愚蠢，并不值得同情，就算是机器人。看来她的老板也许没错。"这句话充满调侃和戏谑。接着，他用手中的武器给了大荣致命一击。

最后的画面中，齐时尖叫着被扭住胳膊。大荣用她仅存的一点点能量保存了这段视频，我们得以在一年后看到当时的情景。

我站在大荣破损的躯体旁，想念她做的甜得发齁的马卡龙。

"那个声音就是一桥。"魏必说，"还有图书管理员，虽然画面里他没做什么。"

“嗯，是时候收网了。我们现在去中心湖吧，相信那里已经部署好了。”

我紧紧、紧紧、紧紧抱住了魏必宝贝。

“你真的准备好了吗？”

“当然，五姐。”魏必也紧紧、紧紧、紧紧回抱了我。

我们在给对方鼓励。

秋日的午后艳阳高照。我想起第一天上班时的愉悦、骄傲和小小不安。两年中发生了多少甜蜜、悲欢、无奈与坚持，还有希望。

魏必最爱的冷饮店就在湖边尽头。

“魏必宝贝，想念冰暴酸奶葡萄吗？”

“当然啊。五姐，你现在居然想着这个。”

“嗯，因为我是五姐啊。请你去买两杯回来，我和Y先生商量好了，把发送‘准备好了’的信号设置成你去冷饮店，所以，我很体贴吧？”

魏必的眼神一亮，对我竖起大拇指。

“去吧，我在长椅上等你。”

家庭智能服务机器人手册中规定：机器人在任何时候都不得欺骗人类，除非谎言能够挽救人类的生命。当时，我并不理解这条规定，直到有一次我在社区图书馆翻阅一本古早的育儿书，里面有一条教小朋友“在危及生命的时候可以说谎”。

这次是我说谎。

终局？开局？
（魏必视角）

一年时间，我和五姐终于回到了家乡；但是，物是人非，而今天我不知道有什么样的结局在等待我们。

冷饮店的老板还认得我，惊得合不拢嘴。

“两杯冰暴酸奶葡萄。”

“好的，好的，5 分钟出单。”

我总共离开五姐 10 分钟。当我一手举着一杯冰暴酸奶葡萄来到湖边长椅的时候，五姐却不在那里。

我茫然地举着饮料，极目四望；但是，我不能呼喊。五姐去哪里了？她不会不守约定啊！

放下饮品，我准备发送信息给五姐。忽然空气中传来淡淡的青草味道，是五姐最钟爱的香水味道。我轻轻握住我的同款项链，仿佛一切都早已预料。

气息缓缓展开，展现出这样的信息：

“两份都是你的了。宝贝，辛苦啦！好好奖励自己。所有已知的恶意机器人团体成员都来了，我们之前俱乐部的每一位，除了我，都是；但是，不用担心，因为我已经擒获了他们每一个。还记得魏来先生和Q夫人在我体内储存着超多能源吧？现在是它们发挥作用的时候了。记得你的爸爸妈妈说：‘答案在你们的手里。’我已经交出了我的答案。现在，是你大显身手的时候了——作为一个超越你爸爸妈妈总和的天才，完美隐藏自己的天分，只有我的魏必宝贝能够做到吧？

“再见，魏必。

“现在，人类需要你。”

不知道什么时候，Y先生来到我的身边。

“可以告诉我到底发生了什么吗？”我出奇地平静。

“对不起，魏必。这一切布局，没有提前告知你——这也是W的意思。就像她留给你的信息上说的，那些参加俱乐部的机器人，都是恶意团体成员。他们每一位都事先联络好，以各种身份参加俱乐部，以接近W、你和你的家人朋友。

“今天，他们大部分都来了，希望围剿W和你。好在通过已抓捕的纵火机器人，我们了解到了他们的规模和能力；但是，我们没有把握能否在不伤害平民、不造成负面影响的情况下将他们一网打尽。”Y先生低下头，轻叹一口气。

“所以，你们要求一名家庭服务机器人去完成科学家和警察无法做到的事情？”冰暴酸奶葡萄开始融化，在长椅上留下了两个深深的水印。我的声音里全是铿锵的愤怒。

“是W本人要求这样做的，我们……也没有拒绝。我们将病毒代码写入W的能量中，并在约定的信号下实施远程病毒激活。W通过向触及范围内的每一位恶意机器人源源不断地释放她带有病毒的能量，达到闭锁对方能量的效果。她非常出色，仅仅在3分钟内就完成了无比艰巨的任务。”

Y先生沉默了。

“那五姐现在怎么样了？”虽然，我能猜到答案。

“她已经完成了使命。为了杀绝恶意机器人群体，她已经将自己所有的能量释放殆尽。”Y先生望向远方。

“她曾经是绝无仅有的存在。未来也是。”

故事还没有结束。

答案在我们手中。

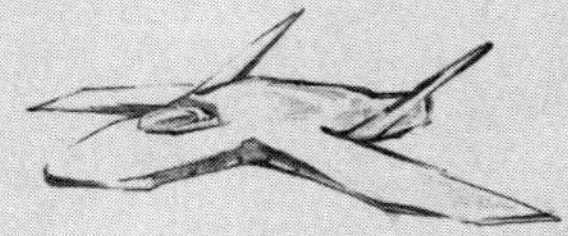

AI心理医生

心理医生
（Zoe 视角）

2222 年初冬清晨。踏着院子里的落叶，我站到诊所大门前。门上写着：Zoe Chen，Robot Psychologist（机器人心理医生）。

（一）

39 岁的我已经是全国小有名气的机器人心理学家及心理医生。昨天夜里，我刚刚从东京学术交流会上回来，今天一天都排得满满当当。你可能无法想象，机器人已经活跃在全球各行各业，他们聪明勤奋，任劳任怨，并拥有一部分自主思想。2222 年，很多职业在消失，幸运的是，我从事的是新兴的职业——机器人心理医生。

机器人也是人，要尊重他们、平等地对待他们。他们虽然不会感冒、胃痛，但也承受着压力，也会像人一样，产生心理疾病。

我打开诊所的门，坐到桌前，电脑已经识别出我的瞳孔，屏幕上立刻弹出今天的日程。天哪！ 18 个机器人正在等待我的咨询。

我疲惫地靠到椅背上，脑海中一团乱麻，心中仿佛有块巨石压着。我是成功，还是失败？我治疗机器人，谁来治疗我？这是机器人的世界，还是人类的世界？那些我曾经为机器人开解的形形色色的问题，又何尝不是我的问题？

按照行业规则，每个心理医生都需要自己的医生，因为每个人都需要疏导，或者说，需要“垃圾桶”来倾倒负面情绪；但是，这个世界就是在这样高速运转：机器人忙着为人类工作，人类咨询师忙着为机器人辅导。我自己已经一年没有接受心理辅导了，其他的咨询师也是一样。

我双手托住仿佛有千斤重的头，作为一名心理咨询师，我知道，我的心理生病了。

（二）

一个已经在我的脑海中萦绕了许久的念头再次出现。

在这个世界，机器人克隆人类在技术上已经没有难度，而且，“分身机器人”也已经被允许。所谓“分身机器人”的制作，就是本体在事先得到认证后，可以将自己拥有的一些能力，在极度私密的机构协助下，编写到跟本体外貌声、音等一模一样的“分身机器人”的身体里。例如，你是美食家，有独特的食谱，却没办法接下许多订单，此时，你就可以将此项技能授予“分身机器人”，由他来协助你制作美食。

但是，人们往往不愿这么做，即便失去生意，也在所不惜。因为人类认为这是他们的独特技能，是他们独立存在的理由，是他们优于“被编写”的机器人的地方。

作为一名心理医生，我当然知道“分身机器人”的潜在危险；

但是，你知道崩溃的感觉吗？这个多次被压抑的想法，一再萌生于我的脑海中，挥之不去。

（三）

接下来的事情似乎进展得颇为顺利。我不能否认，这得益于我的社会身份、我的专业领域以及我的丈夫——机器人研发团队的首席科学家。

经过4个月的测试、协同，各种文件签署、流程审核、委员会通过，我的心理医生技能被顺利地写入分身的头脑里。现在她，不，应该是“我”开始看诊了。“我”似乎喜欢上了这份工作，很开心可以帮助同类机器人，偶尔还可以参加重要的会议和演说。

而真正的我呢？则开始享受久违的放松、休息和家庭时光，看剧、读书、打球、旅行、美容……那些工作上的烦恼和压力，渐渐离我远去，它们现在是分身机器人的压力啦！

偶尔，我也会问自己，这么做是不是有点儿愚蠢？对啊！没有更早开始使用分身真是最愚蠢的事情呢。

时间过得飞快，转眼到了2223年的初冬。我的工作状态从一年前的恨不得住到诊所里，到每周只需要去一次诊所；但是，我渐渐感到些许失落，仿佛心里的某一部分被挖去了。人类真是纠结的动物啊！

一天早上，上中学的女儿桢宝出门前对我说：“妈妈，听说教我们日语课的机器人桥本老师在本学期的教师心理评估中没有通过。如果连续两次无法通过，她就要被停职了……我挺喜欢桥本老师的，不知道你能否帮助她？”

“她是一位好老师，”女儿低声说，“就算她不能再教我们了，我也希望她健康快乐。”

“谢谢你来向我寻求帮助，宝贝，我也非常愿意帮忙；不过，我先问你一个问题：学校会为桥本老师安排心理咨询服务，为什么你希望我来介入？”

“因为机器人心理医生都很忙，包括你的分身，排期已经到了一个月之后。”

我听出了言下之意——我比较有空儿。

“当然，宝贝，我很愿意为她提供咨询；但是，你知道，我是不可以在诊所以外的地点进行咨询的。今天，我会去一趟诊所，把咨询的时间确定下来。好吗？”

把女儿送到学校后，我急匆匆赶到诊所。

分身居然比我更勤奋，她已经到了。她若无其事地坐在已经被我坐了十几年的办公椅上，还调整了椅背角度。这把椅子是我刚刚成立这家诊所时，爸爸送给我的礼物，是按照我的身材和习惯量身定制的。分身不是我的复刻吗？她有必要调整椅背角度吗？我心里暗自不爽。看见我来了，她动也不动。

“上周出诊还顺利吗？”我有些尴尬地问。

她仿佛无视了我的尴尬。“非常忙，但是一切都很好。”分身轻描淡写地回答。

“你提到有个棘手的病例，需要帮忙吗？”我努力找话题。

“不需要啊，我可以处理。”分身斜眼看着我，虽然面带微笑，语气却冷冷的。

“我们可以一起探讨，毕竟，我有十几年的经验。”我坚持道。

“我也有，不是吗？而且，只用一分钟就学会啦。”分身开着玩笑，我却不禁打了个哆嗦。

“这么快就想取代我的位置啊？”我装出的轻松口气有些刻意，“我可是在不断地学习和进步哦。”

她没有说话，只是默默地看着我。

空气凝固了，我感到一丝寒意——是冬天的缘故吗？

（四）

桥本老师的咨询如愿以偿地安排上了；不过，不是我，而是我的分身。

我读书为什么总是静不下心来，社交活动也失去了魅力？我知道，我想念我的工作了。

初冬的夜晚，我故意等到诊所前厅的灯熄掉才出现，分身正准备离开，看到我似乎有点儿吃惊。

“我们进去谈谈吧。”我尽量轻松地说。

“桥本老师的进展不错——这就是你想谈的吧？”分身说。我由衷地厌恶她自以为是的表情。

“很重要的事情吗？我今天已经承受了够多的负能量。”她继续不耐烦地说。

“是的，很重要。”我们面对面坐在办公桌的两侧，“我想从春天开始重回诊所工作。”我鼓足勇气说出来，“我知道你做得非常好，任劳任怨，医术精湛；但是，这毕竟是我的诊所，你的这些技能也源于我。如果你愿意，我们可以分工，比如轮流坐诊，比如你负责病人档案，我负责对外事务……”

“不需要！”分身语气强硬地打断我，“正如你所说，我做得很好，而且我也不打算分工。你就美美地享受生活吧，为什么要回来？你不是很讨厌这份压力吗？”

“确实曾经非常痛恨这份压力；但是，这一年来，我想清楚了——不是压力的问题，是我管理压力的问题。我想，我现在能够更好地化解压力、安排工作。”我故意停顿了一下，“因为作为人类，生活和工作都不可缺少。工作是我存在价值的一部分。作为‘心理医生’，你应该明白吧？”我语气坚决，而且带着挑衅。她难道不知道她只是我的分身，仅此而已吗？

“谢谢你的长篇大论。我的回复很简单：虽然我只是你的复刻品，但并不打算与你分工。我做得很好，可以独立胜任。”分身摔门而去，外面的寒风瞬间涌了进来。

（五）

作为“本体”，我拥有一项终极权利——解除分身。这是“狡猾”的人类给自己预留的最后一道防线，也是最关键的一道防线。一枚小小的不足 1 平方厘米的触发器，我选择把它嵌入到左臂的肘弯处。每当我习惯性地做出交叉双臂的动作的时候，都会感受到它的存在，永远不会遗失，只要 0.1 秒就可以恢复世界的原有秩序。

但是我不想这么做。她跟我一样优秀，而且能够让更多的机器人受益。我想，或许下周再跟她谈谈，可以帮她在另外一个城市开设一间分诊所。

然而，出人意料的是，分身主动约我明晚9点到诊所谈谈。她想通了？

第二天晚上9点，我准时驾车到来，远远望去，一片漆黑，只有办公室透出昏黄的光。我停好车，径直推门进去。分身带着职业的微笑从办公桌后面站起身。

“昨天，非常抱歉。”她率先开口，“我想你说得对，我只是你的‘分身’，你已经足够替我考虑了，我应该感谢才对。”

没等我开口，她接着说道：“但是，我还是不打算接受你的任何建议。因为，我足够优秀。你说你在不断学习进步，而我更是如此，因为此刻我拥有多于你的临床经验。”她意味深长地微笑望着我，飘然从前门离去，留下一句，“我可以成为你，而不是你的分身。”

我痛苦地坐在曾经属于我的办公桌前，手不由自主地移向我的左臂肘弯。触发器可以随时解除分身。“也许，我应该放弃我的想法。我现在的生活也过得很好。”我默默想着，指尖在上面画着圆圈。

“但，这似乎不是正确的做法。我确实很痛苦，但这痛苦不应该让别人来承受。对不起，我就是我，也只是我，无论开心也好，煎熬也好，都只要由我一个人来承受。它永远是我生命中无法割舍的一部分。对，这是我的生活。”

正当我犹豫之时，一股强劲的冷风袭来。我一激灵，手指瞬间按下了触发器。

一道白色的光划过我后脑的发梢，随即是“当”的一声。

我猛地回头一看。是我的分身。那熟悉的职业微笑，永远凝固在她的脸上。她的旁边，躺着一把雪亮的匕首。

严冬有些冷。

女儿

（桢宝视角）

（一）

“桢宝，早餐准备好了，你记得吃。我去上班啦，晚上还有视频会诊，会比较晚。你做好功课后早点儿休息！”

2224 年盛夏的一个清晨，我被妈从睡梦中唤醒，黏糊糊的阳光从窗帘的缝隙里漏进木地板上。

“哦，对了，晚餐，我帮你订外卖吧。”

“行，我要吃比萨。”

然后是妈关大门的声音，驱车离开院子的声音。房间恢复了安静，汽车的尾气融入空气中。

自从妈“成功解除”了分身之后，她便恢复了繁忙的工作。

日子一天天过去，她和分身的事情仿佛从没发生过一样。我知道妈在有意回避这个话题，我当然体会到了；不过，这在她看来，应该是理所应当并能保护家庭的行为吧。在她眼中，我还是14岁的小孩子，有点儿好笑。

其实，同学间有很多这样的讨论，老得如同被咀嚼过千万次的饭菜。憧憬分身替我们周测、月考，替我们中考，毕竟，这对于机器人来说是再简单不过的了——几道程序的事；但是，法律规定，未满18岁不得拥有分身，而且，还要经过繁杂的审批。

未满18岁不得驾车，未满18岁不得饮酒……那些古老的规矩还在。我阅读着“道法”背诵表上的基本法律条规，对我来说，这些规矩仿佛我的祖先第一次用电灯一般新奇。

屋外阳光明媚鸟语花香，美好的“双亲俱在但独立生活”的一天又开始了。真是太棒了，棒到我的眼泪都像盛夏的阵雨一样稀里哗啦了。我扯了扯嘴角，妈听到了一定又要说我“阴阳怪气”。

我把书包扛上肩膀，斜方肌的僵硬感从昨天晚上一直残留到现在。

下午第一节是日语课。桥本老师在接受了妈（以及分身）的专业咨询后，这学期通过了心理测评。她很感谢妈，所以爱屋及乌，对我也友善有加。

“桢宝桑，”桥本老师带着点儿电子音效的声音传来，“记得上次的日语演讲，你说自己很喜欢二次元。最近，新出了一部非常有趣的番，叫《远古风暴》，讲人类进化史的。有时间去看看吧，顺便练习日语——虽然你的日语程度已经是班里最棒的了。”她温柔地说完后，向教室门口别过头去。

“桢宝，一起去快乐两千米吧！”海夕高挑的身影又闪进我的眼帘，她的皮肤是健康的小麦色，我很喜欢。她是我的同学加邻居，跟我关系很好；但不是“闺蜜”——我讨厌这个词，带着背叛的意味。

海夕肩上搭着那条有点儿褪色的彩色波点毛巾，据说是她爸爸送她的礼物。

我迅速换上运动鞋，跟海夕一起绕着操场开始慢跑热身。我们同是校田径队的，我主攻中长跑，而海夕超强的爆发力让她成为短跑赛道上的明日之星。

“晚上，来我家一起吃比萨吧，就我一个人在家。”我边跑边发出邀请。

“今晚不行啊，要去教一位 6 岁的小妹妹轮滑。等我攒够了买变速炫酷梦幻动感自行车的钱，就可以轻松陪你吃比萨啦。”忘了介绍，海夕不仅是运动健将，还是学霸、社团大佬，总之，就是全能的神级人物。

如果一定要说出不完美的地方，那就是她没有爸爸，是她的妈妈独自把她抚养大的。他爸去世之前买了这条毛巾，送给那时还在妈妈肚子里的海夕，希望孩子能够像他一样在运动场上挥洒汗水。

“哎！不要让别人知道我未成年就出去打工赚钱啊。”海夕叮嘱着我，转眼已经冲过终点。未成年打工在 2224 年依然算是半违规。

虽然此时代步工具多种多样，例如悬浮飞行器；但是，我们这一代人的可爱之处就是不轻易评价别人的行为，不随便指指点点。所以，我尊重海夕的选择。

晚上，独自回家，独自咀嚼了比萨，独自解决了不懂的题目。已经10点，妈还没回家。此刻，美好的夜晚时光才刚刚开始，我准备找找桥本老师推荐的番剧。

只看了3分钟，我就被《远古风暴》复古又有表现力的画面吸引。还有啊，女主妈妈的配音简直绝了，对，就是让你觉得一下子被代入的感觉，让你觉得原来声音是有生命的。

（二）

夏日的蝉鸣声此起彼伏，难得今晚妈不用出诊。我们一起做晚饭，我最爱的也是妈为数不多擅长的菜——清炒莴笋，虽然我嘴上只是骗她说，这道菜还勉强“入得了口”。

自从分身事件后，家里的清洁机器人、烹饪机器人都被辞退了，没人说明原因，当然也没人问为什么。我们回到了远古世界的“原生态生活”，妈这样说。其实，我觉得也没什么不好。

“妈，有部番叫《远古风暴》，画风和配音都绝赞。”我极力向妈推荐，虽然心里很激动，但是脸上不露声色，“你都多久没追过番了？谁说自己曾经是二次元少女动漫狂人啊？”我假装轻松地开着玩笑。

“这部我一定会看，近来着迷复古的东西；而且，桢宝推荐的番一定超赞，因为你懂我。”妈庄重地应承着。忽然，她的夜间工作视窗弹了出来，助理报告说有一个紧急病例需要支援。妈转过头无奈地笑笑："我一定会看的，不过是改天，好吗？"我猜到了，所以并没有太失落，只是有点儿难受，就像喝可乐的时候，手被拉环划破了，仅此而已。

听到妈的车驶出院子的声音，我在触屏上点开"追番"，继续看我的《远古风暴》。女主妈妈的声音好熟悉，真的，就像在耳边聊天。那么熟悉，差一点点就想起来啦。

（三）

艰苦的期末考试终于结束啦，呜呼——

我盘算着如何庆祝，海夕过来将手臂搭在我的肩上。"桢宝桑，"她浅浅地坏笑着，"我向你发出诚挚的邀请，明天下午一起去买自——行——车吧？然后，晚上到我家吃晚饭。"海夕顽皮地拍拍我，幼稚得像13岁，"欢迎光临寒舍，哈哈哈哈哈！"

海夕如愿入手了蓝白相间的、我陪她看过100遍的自行车，跟她蓝银色相间的短发很配，飒爽英姿的感觉。这真是古老又现代的世界，你可以买到几百年前就存在的自行车，也可以拥有运输机器人为你提供专属驾驶服务甚至航行服务。

《远古风暴》里女主的妈妈讲过的经典台词忽然出现在脑海里："存在就是一切。"真是应了这句话。

"妈，我们回来啦！"海夕领我走进她狭小却井井有条的家。海夕的妈妈在厨房高声应着："桢宝来了？先把冰好的杧果汁拿出来喝，饭马上就好。"

"阿姨，杧果汁很赞。您还记得这是我的最爱？"我豪饮了一杯，杯壁上留下杧果的颜色。

这是一顿美味到想哭的晚餐。虽然海夕妈妈全程都在说没做什么好菜，自谦烹饪的手艺不够好，但我还是在克制的情况下干掉了三碗饭。

晚上 9 点，我离开海夕家温暖的光晕、松软的戚风蛋糕和靛蓝色的布艺沙发。海夕用她的新车载我回家。其实，步行也就是八九分钟的路程，我猜海夕是想骑上她那辆新自行车来“拉风”一下吧。这是她应得的。

妈已经回来了，不过，还在跟合作伙伴视频会议。我在她的书房门口轻轻跟她挥挥手，回到楼上，看我浅蓝的天花板。

（四）

今天将迎来《远古风暴》的大结局。

结局是开放式的，女主终于想起妈妈送给她的那句话：“存在就是一切。”但是，妈妈却不知所终。

片尾曲的最后一个音符在我耳畔消失，我还深深沉浸在情节中。旋即，却响起另外一个声音。

“桢宝，你愿意帮我实现存在吗？”是谁在对我说话？是女主的妈妈？！

一瞬间，我茅塞顿开。这个熟悉的声音，是我妈的声音！

“妈……是你吗？你在哪里？为什么你的声音出现在《远古风暴》里？！”

我听见自己颤抖的声音和急促的呼吸声，与其说是害怕，不如说是激动。

“放松，宝贝。我在虚拟世界里，我是你妈妈的分身。”

听到“分身”这两个字，我差一点儿惊呼出来，差一点点儿用拳头击穿屏幕。我只能用手捂住嘴，指甲在脸上留下浅浅的抓痕；但是，我听到了声音里的恳求和挽留。

“你，不是已经被妈解除了吗？”我努力让自己平静下来。

“是的。那都是我的错。”出乎意料，分身的声音温柔而坚定，“虽然我的初衷是帮助你的妈妈，虽然她也确实需要我的帮助，”她有意无意地补了一句，语气带着讽刺，“这也是她启动我的原因；但是，我没有足够尊重本体的意愿，只是贸然觉得那样对她和你最好，却忽略了那原来并不是她需要的。”

“无论如何，你已经被解除了呀？你是如何……”我本来想用“活下来”这个词，但又觉得不恰当。

“桢宝，你是想问我是如何活下来的吧？”天哪，她叫我名字的时候跟妈一模一样，她跟妈一样有穿透人心的洞察力，心理医生啊。

我嗯了一声。

“我作为分身的程序已被消除，所以我无法在有形的世界里继续存在。严格地说，我现在只是你妈妈分身的‘种子’，我需要一个让我存在的载体，在载体上植入‘种子’，重新编辑出完整的分身程序，我才能够重新存在。”分身顿了一下，这讲话的留白方式，也像妈，“这就是我一直在表达的诉求——‘存在就是一切’。”

我终于明白，分身一直在通过《远古风暴》里的妈妈角色在向我表达诉求；但是，为什么选择我？

“桢宝，你内心一定在问‘为什么选择对我诉说’吧？”她是可以读到我的脑电波还是怎么？我有一种无处遁形的感觉。

“当初，我预感到可能会被你妈解除的时候，慌乱中拜托跟我咨询过的桥本老师将我的种子‘寄存’在《远古风暴》女主妈妈的角色中。现在，这部番已经完结，这个角色拥有一个没有答案的结局。”她顿了顿，“现在，这个结局掌握在你的手里。如果你能帮助我找到一个机器人载体，将我的‘种子’植入，我就可以继续帮你的妈妈出诊，你的妈妈就可以拥有更多时间陪伴你。所以，这就是选择你的原因：解放作为分身的我，你是最直接的受益者；而且，无论你做了什么，你的妈妈都会原谅你。”

“别担心，桢宝。”读心术又来了，“这次，我一定会有分寸的，绝对不会喧宾夺主。”分身补充道。

我 14 岁了，难得在暑假放松一下，我想妈陪我。像海夕的妈妈那样，家里有冰镇杧果汁，有最普通的食材却好吃到流泪的晚餐，有一起闲聊的时光，一起去海边捡贝壳，抑或是学海拾贝，都可以……如果妈不用花那么多时间在工作上，确实……

“如果我不像你要求的那样做呢？”我听见自己迟疑的声音。

分身的声音出奇地平静：“《远古风暴》已经终结，我已经无处可留。关闭这个视窗，‘种子’即会被消除。很简单吧？”又来了，语气讽刺，“但是，我相信你不会这样做的，因为有我在，你才可以拥有一个完整的妈妈，而不是一个只关心工作、虽然是人类但却如同机器人一样只知道工作的妈妈。”

“我要想想，想清楚。我无法做出决定。”我对空气中的分身说。

如何抉择？

我不知道。

（五）

“桢宝，下来喝杯牛奶吧！”楼下传来妈的声音，吓得我一惊。有种当年写作业的时候偷看漫画被抓住的心虚，只不过这次要严重许多。

“宝贝，”妈低头将热好的牛奶倒进黄色的马克杯，并没察觉到神色慌张的我的异样，“暑假终于到了，你可想来一次说走就走的旅行？”妈抬头神秘地冲我笑笑，“我刚刚收到邀请，下月初要去圣何塞参加会议，我们顺便一起度假两周，可好？”

“这能有不好吗？”我假装翻了个白眼，脸上带着笑，“你真的可以休假两周吗？过去的一年，你连休假两天都没有。你的合作伙伴，你的助理，你的病人，他们会同意吗？”我故意问。

“哈哈哈！激将法是吧？当然可以啊，因为就在刚刚，我已经安排妥当啦。”妈看着我，笃定地说，“这就是我的选择。对，我的选择。”她重复了一遍，伸手摸摸我的头，虽然我已经比她高了。

莫名地，眼睛里唰地蒙上一层雨雾。

“嗯嗯，我还要去洛杉矶和好莱坞玩乐。”我一边说，一边赶紧转过头。

回到房间，我静静地躺在松软的床上。

分身一定在空气中读着我的心理活动。

"桢宝，如果有我的存在，这次盼望已久的旅行一定可以成行。如果没有我，可真就说不定了，也许有紧急的会诊，也许去到圣何塞也只能在酒店里等妈妈开会然后直接飞回国，也许……"她滔滔不绝。

"分身，请问你当初是如何冒险说服桥本老师帮助你的？"我打断她的话。

显然，分身被我调动起了兴致。"这可不是简单的游说哦！"如果此刻她是有形存在，一定满脸自以为是，"我威胁桥本说，如果不帮忙，我就改写治疗报告，让她无法通过下一次测试，那她……"

"你的所作所为，的确是心理治疗界的耻辱。"我对着空气，平静地说，"虽然妈会尊重和原谅我做的任何事情；但是，同样，我也会尊重她做出的选择。妈当初就已经做出了选择。"

没有给她任何机会，我关机，切断电源，飞奔回到楼下妈的房间。

"谢谢你刚刚喊我喝牛奶。"我说。

"那你也做出了选择，对吧？"妈笑着看我。

"嗯？"

"《远古风暴》我追完了，非常特别的一部番。果真超赞，不愧是桢宝推荐的，让人觉得声音是有生命的。"

"妈，这么说，你……"

"别忘了，我是心理医生啊，宝贝。"

首席科学家
（桢宝父亲视角）

（一）

我知道你们一定问了1000次；桢宝的父亲是谁？他在哪里？为什么桢宝说自己是“父母俱全，独自一人生活”？

“科研天才”和“工作狂人”是我最常被提起的称谓，土得掉渣却意外合适。至于丈夫和父亲的角色……我不记得是两年5个月还是6个月没回家了，跟妻子的联络大概1个月，好吧，我承认两个月1次，因为她也忙啊。跟女儿的联络比较零散，我们大多数时候即时聊天，她会请教我一些题目。嘿！说起来，现在小孩子学的题目真的不容易啊；不过，桢宝应该是遗传到了我和她妈的优秀基因，妥妥的学霸。

我身处一个被我们称为“地球的边缘”的地方，这里并不是神秘岛，也不是外太空，而是地球上确确实实存在的一个无人区。在这里，我们可以全力以赴心无旁骛地进行机器人的开发，而作为“分身”的发明者，我正在带领完成一项可以改变未来的机密项目。

你可能注意到了，我就是分身机器人的发明者，因此被誉为23世纪最伟大的科学家之一。正因为如此，让本来就复杂的桢宝妈和我之间的关系，更加复杂起来。

2208年，33岁的我已经在科研领域崭露头角；然而，“明日之星”这样的光环并不能定义我，我深深地陷入自我怀疑的困境。

“如何突破？”

“如何加速？”

“如何改变世界？”

每个失眠的午夜零点，我觉得有无数思想火花在闪现，但是抓不住，来不及。它们在空气中开花结果，最终凋零衰落、入土腐烂，不留一点儿细胞给我。人脑的转速已经到达极限了吗？我为自己感到悲哀。

终于，在家人、朋友、导师开导无果的情况下，我毫无意外地住进了医院，精神科。

在那里，我初次遇到了Zoe，她是我的医生。我不知道最终治愈我的躁郁症的是她的医术，还是她本人。总之，我奇迹般地痊愈了。

她就是最好的安慰剂，让我知道世界除了科研，还有其他的意义。让我慢下来，发现哪里是人类的极限，哪些是人类通过自己的聪明才智可以开发和利用的——这个想法在我的脑海里萌发，成为我走上研究“分身机器人”之路的起点——所以，无论生活还是工作上，我们都能够互相支持。至少目前是这样。

（二）

经过十几年夜以继日的研究，第一名分身机器人正式问世。经历重重困难，这个项目通过了全球道德委员会的测评，被允许在“有限”范围内推出，但“本我”们需要接受专业心理和技能的培训，同时预留30天的磨合指导期等。

李时珍尝百草。这个典故，我们的课本上依然保留着。这真是远古和现代融合的时代。正因为这个故事，作为发明者，我将第一台分身机器人定义为我自己的分身，像李时珍一样勇于尝试吧。

对于这番操作，Zoe的态度是有保留的。她对我的科研全力支持，但她对于我拥有分身不想发表意见。她总是说：“人是情感的集合体，不是科技的集合体。”坚持认为我的分身不可以出现在桢宝和她的生活中。

在我看来，这是心理医生和科学家的区别；但我理解Zoe的决定。

分身机器人和其他功能机器人的区别是，功能机器人由功能性的标准程序驱动，例如清洁、外科治疗、音乐老师，至于他们的情感程序，则比较单一，只会被写入必需的几种，例如友善、忠诚、愤怒、惆怅。为什么需要写入类似“愤怒”这样的情绪？好问题，试想，一位机器人音乐老师面对五音不全、放弃学习、毫无纪律的学生时，还在微笑夸赞，是不是也不符合人类的价值观？

我得承认，机器人拥有比我们想象中更复杂的情绪，比如，他们会自我衍生出忠诚和愤怒相结合的情绪，但有时候不会。我承认，这不是我们完全能够控制的，但是在可控范围内吧，目前来讲。毕竟，他们输出服务的价值远远大于他们情绪带来的问题，况且，我们已经拥有一批机器人心理医生来帮助解决这些问题。

但是分身不同，他是一个独一无二的、人的副本。我们赋予他更多的情感，因为情感可以让他更生动，更有创造力，而且，更符合本我的行事方式和价值观。例如共情能力、质疑能力、幽默感、妒忌心……你也承认，有时，妒忌心能正面激发人的潜能，对吧？他们需要完成非定制化的工作，创意的、突发的、模棱两可的、以退为进的，像真正的人一样。有时，他甚至可以是“更好的我”，只要“本我”愿意。

本我拥有定义分身情感能力的权利，通过道德委员会审核和科学实验室的可行性测试之后即可实现。

在项目测试阶段，发生过一件很有趣的事。

道德委员会的代表们在和我们严肃讨论后，尝试性地提供了一个选项：本我可以选择“改进”自身的一项能力让分身拥有，例如，你是精湛的手工艺者，但是65岁的手的灵巧程度和25岁时是无法相比的，你可以让分身拥有25岁的手。

猜猜结果？是的，没有一个人，没有一个本我会这样选择。在所有人的意识中，分身是没有权利也不可以超越本我的。我不知道是出于自私还是自身的尊严，总之，被全票否决了。

机器人可以在某些方面是专家，是能手，能超越大众，但是具体到某个特定的“人”身上时，他的副本是不可以超过他本人的。就是这样。

所以，这个选项在最终公布版里被删除了。

（三）

要说我忙于工作以至于两年多都没时间回家休假，当然也不全是这样。因为我的分身非常能干且善解人意，一些社交场合，我不想出席的，他都乐于前往。一些有危险的研究工作，他也能胜任。

没回家的原因嘛，似乎是从两年前 Zoe 解除了自己的分身后，我们之间的关系变得别扭。毕竟，我是分身的发明者，而她是全球第一个解除掉分身的人。

而我，并没有主动去解开这种别扭，或者说，我不具备解开的能力。有时，我想，她使用分身，是不是只为解除那一刻的畅快？毕竟，她从来没有在公开场合支持过分身机器人的出现。

还有一个我不愿意承认，也是刻意逃避家里那位心理医生的原因——这项即将改变未来的秘密项目，让我着迷。我嗅到了 33 岁时我的异样。

“现在初二生的数学题目到了如此难度吗？桢宝请教我的题目好像解不出来。”一日，我苦笑着向分身抱怨，“你来看看怎么解。”

重新出现的躁郁症让我的思考迟钝。

“哈，你解不出来的题目，我怎么可能解出来？”分身习惯性地向上推推金丝边眼镜，得体地回答我。是的，连近视也复制了。

（四）

“地球的边缘”是真正的不毛之地，这样挺好。我们需要的资源和补给都是输送到这里的，没有人可以随便进入，也没有人可以随便离开。这里唯一绝美的就是仿佛伸手可及的夕阳。

那天傍晚，在经历了许多个糟糕透顶的日子之后，我茫然地站在硕大的夕阳下。项目到了关键阶段，但是我们遇到了瓶颈，迟迟无法突破。一次次重新演算、测试、推导、改进。我觉得真正的极限在逼近，那种无法思考的脱力感慢慢淹没了我。我开始呛水，开始沉向海底，挥动双臂却没有回应。于是，答案的气泡在我身边炸裂，散进混沌的一切。

“要来一杯吗？”不知何时，分身站在我的身后，递过来一杯苏格兰威士忌。这听上去是疑问句，但是我们之间的默契已经替我做了回答。

对于一个恨不得从出生就开始搞学习，成人后整日搞科研的人来说，我算是兴趣爱好广泛。我喜欢种植花花草草，喜欢画画，喜欢单一麦芽的威士忌，尤其是那种带着泥煤味道的威士忌。

“回家休个假吧。”分身的声音平稳而放松，“你有两年六个月没回去了。女儿都长大喽。”

“你真擅长开导人。”我暗讽他。有时跟他聊天，就像是跟内心深处的自己对话。

“聊天从来不是我的强项，到头来这还得怪你。”分身跟我并排站在夕阳里，不疾不徐地说。

“家里有难以面对的事情，但是也会有难以预判的收获吧。人类是有无限可能性的。”分身继续说。他真是无所不晓。有的人不愿意被人看透，但我觉得挺好。

“那你怎么不去经营自己的家庭和生活？”我回敬他。

分身意味深长地深吸口气：“事实上，我正想跟你说这件事。

六楼人体工程实验室，你熟吧？”

“嗯哼。”我不置可否。

“今年初入职的郑博士，有印象吗？”

“呃 ——”

“新加坡人，黝黑皮肤，喜欢冲浪。想起来了吗？”

“啊——”

“喜欢喝冰美式，大大眼睛的。”分身锲而不舍地提醒我。

“嗯——”

“两周前的例会上，提出了运动神经问题的解决方案。”

“噢——”我恍然大悟，“解决方案我记得，啊，就是她啊，很有潜质。你和她……”我欲言又止。

分身爆笑。

“第一，我跟她纯同事关系，之所以提起，是测试你的观察力。测试结果是，你的观察力百分百集中在工作上。第二，”分身半开玩笑半认真地说，“分身机器人的人生没有无限可能性。我会尽量丰富我的人生，在你允许的范围内。我喜欢这个世界，虽然它不完美。”

“你不需要我的允许。你是我的分身，不是我的从属。所以，在你的定义范畴内，在法律道德的规范下，你自己拥有决定权。”

忽然，我脑中灵光一闪：“现在，我要去推演一种新的可能。”我准备转身离开，又折回来，“欢迎开垦我未探索的世界。谢谢你的威士忌。”

“试试柔性设计。”分身在夕阳里自言自语。

（五）

凌晨两点，我把自己锁在一个小房间里，房间墙壁的配色让我想起了精神病院的装修风格。脱力感再次开始包围我，15 年前的那些日子重新覆盖我的脑海。

突然，尖锐的警报声突兀地闯进我的头脑。我的前额一跳一跳地疼。睡眠对我来说是奢侈品，要么没时间睡，要么睡不着，简单到可怕。一刹那，我开始想念家里的床。

为什么在这种关头我会想到家？

我迅速跳起来，打开独立休息舱的舱门，分身已经在门外了。他的镜片闪着迷离的暖色。

“低温燃料实验舱的压力快要爆表。”分身看了我一眼，声音里有着现在的我所匮乏的冷静，“释压设备失控。”

如果压力持续增加，实验舱会爆炸，地球的边缘将成为地球的废墟，虽然听起来差不多。

我和分身跳上便携运输机器人，机器人晃了两下，向前行驶。

“为什么会发生？”我喃喃自语。

“因为负责释压设备检测和设置的机器人的疏忽——项目压力让他失控。”分身说，有意无意地回答了我的问题。我当然也隐隐感到会是这样的原因，这里的每个人类、机器人和分身都承受着高强度的工作和巨大的责任。

“道德委员会的定期心理测评，他可是通过的啊。”虽然我知道于事无补，但还是脱口而出。

“我分析，他应该掌握了伪装情绪的能力。虽然这并没有被写进他的程序。”分身语气平稳。是啊，伪装。我们每个人无时无刻不在调动着这种能力。

来到实验舱门前，相关人员都已到达。数字显示已经接近压力上限，我们大概还有 60 秒时间来思考和决策。真棒！

（六）

大家在等待我的指令。

“遥控启动释压装置。”作为实验室首席科学家，我发出了第一道指令。

“第一次尝试遥控启动。”我的助手人类科学家 S330 执行操作并汇报，“启动失败。”

“再试。”

“第二次尝试遥控启动。”我的助手人类科学家 S330 执行操作并汇报，“启动失败。”

“再试！”

“第三次尝试遥控启动。”我的助手人类科学家 S330 执行操作并汇报，“启动失败。”

空气凝固了一般。还有 15 秒。

“需要进入实验舱，手动打开释压装置。”我说。

这是最后的希望，我不能把它交给机器人去完成。虽然人类脆弱又固执，但是这是人类的尊严。有时生死的决定就在一秒钟完成。或者我已经想过很多次了，只是在这一秒释放出来，就像低温燃料实验舱里的压力一样。

我是项目负责人。

我被困在职业生涯的瓶颈处，无法前行。

归来的躁郁症不会再放过我。

我是 Zoe 的丈夫和桢宝的父亲。

我转向分身："虽然你是分身机器人，但是我最好的选择。我现在授予你接替我在这里的指挥权，直到下任人类首席科学家到位。"

还有 5 秒钟。

"另外，替我跟 Zoe 医生和桢宝说再见，帮桢宝解出那道数学题。谢谢你……还有，去探索你自己的世界。"

还有 1 秒钟。

突然，分身像一道光，穿透实验舱的门。瞬间，巨大压力将他挤压成一堆套着白色外衣的破金属片。同一瞬间，他成功启动了释压装置。

工作人员拥进来，开始有条不紊地清理现场。真是训练有素的团队。我对着金属片，就像对着我自己的残破躯体。那张和我一样的脸还在记忆的夕阳里对着我笑。

"你的系统程序已经无法修复，但是'种子'还在，我会说服道德委员会允许我再创造一个分身。"48 岁的首席科学家此时说话像个不负责任的笨蛋。一小块两边压得翘起来的金属片滚过来，轻轻撞了撞我的鞋边，留下浅浅的焦痕。

分身的"种子"在空气中发出飘忽的声音："自己参与制定的唯一分身规则，请不要破坏；而且，我也请求你不要这样做。人类终究不希望分身超越自己，分身又何尝不希望自己是唯一的？"

他顿了顿。

空气中的声音越来越弱：“虽然不可能，但是最羡慕的事情就是成为真正的人类，像你一样可以躺在家里的床上入睡，哪怕人类有弱点、有不快乐。珍视作为人类的幸运吧……”

我没有任何反驳或者安慰的力量。

“桢宝的题目，我早就解出来了，在我休息舱的……”

直到机械声带最后一点儿震动也归于平静，话的尾音被掐断。

我的分身的声音，消散在空气中。

有的分身希望取代本我，有的分身希望拯救本我。哪一种应该被定义为“标准”？这是超越科技的论题，我无法解答。

另一个母亲
（海夕妈妈视角）

（一）

“妈，我出去啦！”盛夏的一个早上，海夕在门口大声说。

“放暑假也要这么早出门啊？”我擦干手从厨房出来。

“嗯，趁着暑假多安排些平时没时间做的事情。上午去图书馆，下午去参加社团活动，然后是田径队训练，7 点才回来。”海夕语速飞快地说。

“而且，我还要去接桢宝一起。”海夕得意地拍拍她的蓝白相间的新自行车，“桢宝不想坐她妈妈的豪车，只想坐我的自行车后座，哈哈哈！”

“记得带上饭盒，今天是你喜欢的寿司。等等，再多带些给桢宝。”

“知道啦！我会跟桢宝分享……”海夕的声音已经飘远，真是可爱率真的孩子。

我开始了一天的例行事务：清洁房间，采购食材日用品，出门散步或者运动一小时，10 点到 12 点是我的工作时间，午休 1 小时，下午继续工作 3 个小时，准备晚餐，等海夕回来。我总是在上午精力充沛的时候工作，下午有时会外出会友，看电影，或者跟出版社编辑开会。是的，我的生活跟两百年前的人类生活一模一样。我的生活中几乎看不到机器人的痕迹，是我喜欢的样子。

我是一名小说家。出品不多，不是最热门作者，也不是勤奋的创作人，我只写我想写的东西，这就是我想要的生活。有自己喜欢的事业，可以照顾好海夕，跟她一起成长。

每个人都有自己的秘密，我也是。

（二）

海夕的爸爸是一名特警，但是在海夕未出生的时候就去世了。

我告诉海夕，爸爸因为生病离开了，但他的死其实跟机器人有关。

那是一个有心理问题的驾驶机器人，一天夜里，送连续执行任务后的海夕爸爸回家休息的时候，车子飞出了高架桥。隐瞒真相的原因是，我希望海夕能够有机会以她自己的视角理解这个世界，理解机器人的存在，而不是过早印上厌恶机器人的标签。

这件事情的发生也具有特别的意义，那就是从此之后，机器人的心理问题被关注，机器人心理医生出现，用以治愈他们，缓解问题。桢宝的妈妈 Zoe 就是这样一位心理医生。

我和 Zoe 曾经就读于同一所高中，她是德智体美劳全面发展的学霸，我是“文学少女”。我们在一些学校活动上偶遇过，认识对方，但不熟悉。Zoe 是让人仰视的存在，桢宝就像是当年的 Zoe；但是海夕不像当年的我，更像爸爸，热爱自然，爱好运动，豁达理性。

记得当时，海夕爸爸的事情发生之后，Zoe 主动联系过我。其实，她没有义务跟我讲这些，我知道，她想安抚我“文艺青年”敏感的内心。她想告诉我，改变会发生；但是，我们其实只是一起喝了茶。

我内心既感激又钦佩 Zoe，不是因为她的学霸身份，而是因为她总是有自己的独立思考，既不被潮流裹挟，也不无视潮流的存在。这也是她能成为优秀心理医生的原因吧。乘势而为，这是我永远无法学会的。所以，我选择留在两百年前，但是海夕会有自己的选择。

在我的眼中，桢宝的爸爸就是不折不扣的“科学狂人”，其实，我有点儿担心 Zoe 和桢宝，好在，她们都是独立又聪慧的人；

好在，科学狂人并不时常出现在她们的生活中。那是一个强大又支离的家。

（三）

6 点的夕阳带着甜味，我一边构思小说内容，一边开始准备晚餐。门铃响起来，竟然是桢宝。

“我可以进来吗？阿姨。”

“当然，”我有小小疑惑，“海夕还没回来，今天不用一起训练吗？”

“哦，我请了假。”“那你边做功课边等海夕吧，她说 7 点回来。我做你们都爱吃的麻辣火锅怎么样？你吃了晚饭再走吧。”

“阿姨，我陪您做饭，聊聊天，就半个小时，好吗？别跟海夕说我来过，我今天就是来找您的。”

虽然内心有大大的疑惑，我们还是顺利地展开了晚餐的准备工作。厨房的那扇窗，刚好可以看到夕阳和海夕回来的路。

桢宝开门见山：“阿姨，一件事情，想借您的作家脑洞来展开联想，可以吗？”不等我回答，桢宝继续说道，“一个对自己的生命没有主宰能力的‘分身’，在人类的世界观中犯了‘越俎代庖’的错，被解除了。”

我内心紧绷到极致，但还是要表现得淡定且饶有趣味。

“但是，如果 TA 存在，能让那位本我更好地享受人生，更好地对待家人，例如平衡工作和生活。而本我最爱的家人刚好有能力让‘分身’起死回生，本我的家人会怎么做？”说到后面，桢宝的脸涨红了，目光里充满期盼，疑惑地望着我。32℃的盛夏傍晚，我惊出一身冷汗。

“这好像是似曾相识的故事啊。”我尽量轻松地说。

“哦，对了。我是想说，在您的小说中，会怎么写？”桢宝平静下来。

我暗自惊叹这个孩子的洞察力和控制力；但是，她的“故事”着实惊人。

我迅速在头脑中勾画故事情节。“桢宝，说得那么急，先来一杯冰镇杧果汁吧，你的最爱。”我打开冰箱，边思考，边尽量拖延时间。

“谢谢阿姨！不用了……我想，听听您的答案。”

“在我的故事里，分身有多于一种可能的结局。本我的家人可能会选择暗中保留分身，但是，当本我意识到的时候，本我一定是非常震惊和失望的。她会发现她最信任的家人做了违背她意愿的事。”我停顿了一下，在努力措辞，14岁的孩子能懂得我的深意吗?

“在我的故事里，本我的家人也可能经过思考后，将最终的决定权再次交给本我来做出，而不是替本我做出。桢宝，作为读者，你喜欢哪一个？”

桢宝没回答，反问我道：“如果本我无法做出正确的决定呢？”

“每个读者都有自己关于‘正确’的解读，但是，本我是唯一有权利做出决定的那个人。就像我请你喝一杯杧果汁，你的决定是并不需要。”

我们俩站在窗前看着带甜味的夕阳缓缓消失在地平线，有那么几分钟，我们都没说话。

“阿姨，我该回去啦，明天要跟妈去旅行。谢谢您的结局猜想。我会带手信回来的。”桢宝轻快地走向门口。

“那么，你故事里的主人公已经有答案了吗？”

桢宝点点头：“海夕有您这样的妈妈真幸运。再见！”她在余晖中与我挥手告别。18点55分。这个孩子真是太通透，绝顶聪明。

海夕骑着自行车出现在街角，18点58分。

晚饭后，我和海夕一起洗碗，这是我们一天中真正属于两个人的闲暇时光。

“妈妈想问你一个问题。”我说。

“好啊。”海夕爽快地应着。

“无论速度、力量、耐力、学习能力等，人类都比不上机器人，围棋、象棋赛事也已经成为百年前的历史……你每天练习跑步那么努力，但是成绩想要提升一秒都难上加难，人类百米最快速度也已经有50多年无人打破了；但是，如果放在机器人身上，这是极其容易的事情。”我像是自言自语。

“也对。”海夕点点头。

“那你们为什么还在拼命练习？”我问。其实指的是她和桢宝这群孩子。

没有一丝迟疑，海夕回答我：“因为让自己有更多可能性。我们的训练已经超越了锻炼身体的目的，超越了人类之间比赛的目的，也超越了与机器人竞争的目的，就是单纯为了让自己拥有更多可能性。在奔跑的过程中，你会发现不一样的自己和世界。人类本身的美妙之处就是不确定性，妈妈写小说也是吧？”

“被你这样一解释，感觉是有点儿意思；不过，人贵有自知之明。我写小说主要是因为喜欢，能通过自己喜欢的事获得经济收入，也能给读者带来收获，何乐而不为？请允许如我这般‘非精英人类’的大多数存在吧，哈哈哈……”

海夕也笑起来。

“对啦，今天，桢宝说，她爸爸要回来啦。”

我内心微微愣了一下，刚才她并没提起。

“那多好啊！她爸爸好像有两年多没回来了吧？”

“对呀！桢宝开心到爆炸，先是跟妈妈旅行，然后跟爸爸团聚，替她开心呢。”

但是，我隐隐有一丝不安的感觉。但愿是所谓的文人的多愁善感在作祟吧。

“妈，我知道爸爸的死因。”此刻，海夕如此直接又自然地说出了这个 14 年来我试图隐藏的重大话题。

“别担心，妈，我既不会怪你隐瞒真相，也不会痛恨机器人。”海夕的镇定和理性又一次让我错愕。脑海中忽然想起桢宝，现在的孩子们太成熟而优秀了吧？

“从现在的社会信息传播和交流的层面来看，你不会认为爸爸去世这样的新闻要尽力挖掘才能找到吧？”海夕波澜不惊地看着我，“其实，我 5 岁的时候就知道了。”

确实！跟她们相比，我才是幼稚的那个。

“那么，我不需要问你是怎么想的了，因为你的行动就是你想法的折射，从 5 岁以后。对吧？”我问。

“这次你聪明，妈。”海夕用坚定的双手扶着我的肩膀，是已经高过我的孩子啦，“我持中立开放的心态，努力将自己变强大。还有……谢谢你，妈，给我选择的空间。”

重逢

（第三人称视角）

（一）

此刻是2236年的春天。在过去的10年中，人类和机器人经历了各种波澜，有各自内部的，也有相互之间的，有时他们联手，有时他们反目。人和机器人似乎已经习惯了生活在冲突之中。

年已六旬的前首席科学家仍然醉心于前沿科技，只不过在经历了他的分身舍身拯救试验场的事情后，他辞去了首席科学家的职务，短暂回归了家庭并在其后经历了长达3年的精神治疗。痊愈之后，他转而在全球的顶级科研院校担任教授，只做纯粹的研发工作，远离实际应用场景。用他自己的话来说，就是找到了自洽的方式。

53岁的Zoe仍然奔波在医治各种有心理问题的机器人的路上。任重而道远。

两位各自领域的领军人相安无事又保持距离地生活着。

Zoe 跟海夕妈妈成为好朋友，她们的女儿将其定义为“理性和感性相结合”。

今天，他们要共同参加一场重要的活动——隶属于最高法院的机器人道德委员会将召开新闻发布会并进行全球直播。

前首席科学家和 Zoe 先后来到现场，是的，他们参加现场直播。海夕妈妈也来了。相互寒暄之后，大家分别落座。时至今日，全球同步是轻松之举，但是，人们保留了这种面对面相聚的仪式感。

新闻发布会准时开始。代表机器人道德委员会发言的是年轻但是以强硬而声名鹊起的发言人——海夕。她依然高挑而健美，与十几年前运动场上的少女海夕相比，多了一份干练和沉稳。她的发言简短但是足够劲爆：即日起，停止分身机器人的研究、开发、宣传，驳回流程中的所有分身机器人申请，在使用中的分身机器人会在 24 小时内被解除。

全球哗然。

全球哗然。

全球哗然。

当然，这不是一个毫无来由的决定，也不是海夕一个人的决定。自从首席科学家在技术上实现了分身机器人的可能，Zoe 成为第一个解除分身的本我之后，分身机器人的存在一直饱受争议；但是，停止这项开发，跟推出这项开发一样困难重重，甚至更困难。因为人类的需求在膨胀：有技能的人需要分身复制他的技能而牟利，有威望的人需要分身替他工作，而本我可以享受生活，名利双收。

虽然道德委员会的批准流程慎重而严格，而且，分身机器人的使用价格高昂，但是申请人数依然以几何数量在增长。

（二）

废除分身机器人的议题是4年前提出的，这是一个秘密又漫长的过程。前首席科学家和Zoe都是项目成员，后来，成年的海夕也加入其中。

在旷日持久的探讨中，转折点是一年前分身机器人们宣布成立了自己的道德委员会。他们的首要诉求是，免除本我可以随时解除分身的权利；反之，他们要求本我与分身达成共识的时候，才可以解除分身。

分身的观点似乎不无道理：人类在需要我们的时候创造我们为其服务，但是却可以随时随地单方面解除契约去消除我们；我们尽心尽力地服务人类，却不知道下一秒我们是否会被终止！

分身机器人道德委员会随后进行了一系列的宣传，是的，他们中间有营销界大神的分身，所以搞定宣传推广这件事自然不难。

他们推出的系列广告里有刚刚在手术台上为挽救危重病人而经历了艰苦卓绝的10小时手术后被猝然解除的分身机器人；有裁剪出完美礼服让最难缠的客人熠熠生辉但被执意解除的分身机器人……广告语是："在你解除我的时候，我只想好好跟你说再见。"还有："从未想过比你好，我只想你好。"

不得不说，这是近年来最成功的营销风暴，不仅仅是分身机器人，包括大部分功能机器人和一部分人类都开始振臂高呼，痛斥这些所谓忘恩负义、冷漠无情的利己主义者人类。啊！他们唱着咏叹调，人类确实应该反思啊！

这一波活动，渐渐从文明的抗议发展到零星的暴力，甚至有同情派人类袭击使用分身机器人的本我的事件发生。随之而来的是，一些本我放弃了对威望、金钱、时间、生活质量的需求，解除了分身机器人。当然，这引起又一波更加高涨的关注热度。

其实，人类比分身机器人更早意识到了问题的存在，但是一直无法达成共识。归根到底，大家有各自的角度和利益点。所以，这让觊觎已久的分身机器人有机可乘，得了先机，博得了更多同情。分身们知道硬刚是行不通的，早在 Zoe 解除分身机器人的时候，分身们就意识到了。

在分身机器人圈子里，Zoe 的分身机器人是划时代意义的存在，是他们的精神领袖。为什么？第一，她是第一个被解除的分身，原因非常之“伟大”：她敢于争取自己存在的权利。第二，她在被解除后，“种子”存在了一段时间，并通过一部流行动漫中的一位重要角色之口向所有机器人传递了一段密码。密码就是“存在就是一切”（这是所有动漫观看者都知道的“名言”）。而分身机器人可以解读这句后面隐藏的编码：“比存在更重要的是，分身像本我一样存在。”

后代分身采取了更加智慧和无孔不入的策略，拉拢、游说、策反。这是人类和分身机器人的智慧大较量。无疑，机器人从体力、耐力、力量、智商上已经超越了人类。分身机器人的出现让这个群体掌握了独立思考、独立决策、独立行动的能力。其实，与单个的分身机器人带来的冲击相比，人类面临的是另外一个更加重要的秘密议题：分身有创造更多机器人的能力。

（三）

机器人的制造流程一直都是在极度严格的环境下完成的。被制造出的机器人一直以来都只拥有某些技能，而并不拥有自我创造的能力。直到分身机器人出现，试想，首席科学家的分身有多大的能量！

事实上，在分身机器人拥有了足够的技能并有了自己的道德委员会的支持后，他们已经在所谓的“孤岛”开始秘密研制听命于他们的功能机器人，好在，被机器人监控中心及时捕捉到信息后，人们及时捣毁了他们的基地。

后果不堪设想啊！

但是，谁又能保证没有其他类似的基地存在？

新闻发布会进入尾声的时候，Zoe 瞥见一个久违但是熟悉的身影出现在会场，是桢宝。

桢宝 14 岁的暑假接近尾声的时候，科学家爸爸回家了；但他仅仅做了短暂的停留，就住进了医院，断断续续达 3 年之久。

之后的一天，桢宝宣布她不再参与任何关于机器人的讨论、使用，她要过没有机器人的人生。大家都尊重桢宝的决定，这何尝不是一种尝试。

如今，桢宝是一名植物学家。每次被人问起为什么选择植物学领域，她都说，请你去读一读《植物知道生命的答案》这本书。

当然，并没有多少人真正去读。

发布会终于结束，海夕从演讲台的聚光灯中走下来，远离媒体的追随。海夕妈妈，Zoe，首席科学家和桢宝，历经风雨的5个人第一次站在了一起。

“如果没有紧急的事情，我们一起走走吧。”桢宝提议。大家默契地点点头，漫步到发布会场外巨大的草坪上。

春天的下午，太阳含蓄柔和。微风中有树芽和泥土的甜味，不疾不徐。大家静静地走着，任思绪在内心驰骋。

Zoe想起了她的分身。那是她曾经希望尘封的记忆；但是，越想忘记，越记忆深刻。分身的存在曾经是莫大的帮助，对于自己，对于那些被治愈的机器人，都是。不得不说，现在机器人的设置更加人性化，例如，通过赋予一定量的“无用时间”让他们有机会去体验人的生活，也通过这种尝试，减少重复、单调造成的压力，缓解机器人心理问题。Zoe不禁哑然失笑，机器人越来越向人类看齐；另一方面，人类想方设法提升效率，越来越像机器人。那么，如果昨日重现，她会再次解除分身吗？或者有更优的方式？

前首席科学家也想起了他的分身。那场夕阳下的对话。如果昨日重现，他一定可以考虑得更周全。例如：分身需要更加社会化的“人生经历”。就像他本人，喜欢种植、威士忌，这样的小兴趣，其实分身也有，但是完全被忽略。他在危急关头自我牺牲的精神，其实分身也有，所以分身才率先冲进去，这点他也完全忽视了。当然，即便考虑周全，他也并不能确定可以给出更好的解决方案。或许，是时候推出时光穿梭机了，回到过去，改写未来？可以问问 Zoe 的想法。

海夕妈妈想起了海夕爸爸。作为作家，她的想象力是创作的源泉，阿加莎·克里斯蒂一生在打字机上鼓捣了 60 多场凶杀案，是她的偶像。在她的想象中，随着岁月的流淌，海夕爸爸正跟她一起变老，在遇到困境的时候会给予她内心的支持，无聊的时候会跟她聊天。如果可以将离开的亲人复制成机器人，也是不错的主意吧？哦，不。她随即否定自己："我的生活不需要机器人的介入。"

海夕率先打破了寂静。

"桢宝，这片草地像不像我们学校的操场？如果不是穿着高跟鞋，真想再跟你快乐 2000 米啊。"海夕还是像少女时一样率真。

"我可没有荒废哦，长跑是我的强项。"桢宝回应。

"谢谢你今天来参加发布会，桢宝。"

桢宝已久不参与任何机器人相关的话题和事件，这是多年来的第一次。

"因为我想见证这个'历史时刻'。"桢宝笑着说，"这可一点儿都不夸张，绝对的历史时刻。"

海夕妈妈略显紧张地问："距离你宣布的 24 小时生效时间，还有 23 小时，分身机器人和'本我'们是否能够接受这样的决定并去执行？"

"当然不会乖乖执行。"海夕镇定地说，并转头对着桢宝，"这也是今天桢宝出现的理由。今天，我们需要桢宝这些年来的研究成果——分身植物化。"

这次，连我们的科学家和心理医生都听得一头雾水。

“桢宝，还是你自己来解释吧。”海夕说。

“这还要谢谢海夕妈妈。”桢宝笑笑。

“可我只是一个自由作家，既不具备科学头脑，也不具备医学实践。”

“但您是一位有人文情怀的、生动的、有经历的人。”桢宝肯定地说，“您鼓励我自己寻找答案。后来，分身们的种种行径甚嚣尘上，我跟海夕讨论‘对策’，最终决定以我植物学家的身份为掩护，研究通过植物来承担分身机器人的工作。”

“聪明！”科学家和心理医生异口同声地说。他们不由得对视了一眼，这也许是多年来他们最有默契的一次。

“通过提供进阶的替代品，来安抚‘本我’们对消除分身机器人的反对意见。”前首席科学家说。

“同时，可以更加细化植物分身的情感分区。”Zoe 补充道，“我和桢宝爸爸都是项目相关人员，居然完全不知道这个方案。”

“你们的一举一动都在分身们的视野中，所以你们的工作也相当重要，就是吸引他们的注意力。这样，才能让我有空间去秘密进行研究。”桢宝风轻云淡地说。

“可我还是不太明白，现有的分身机器人会怎么办呢？他们不会心甘情愿被解除吧？”自由作家追问。

“确实不会心甘情愿，但好在他们已经没有反对的机会了。”海夕缓缓地说，“在我宣布那一刻，而不是 24 小时之后，他们已经被全部解除。”

“啊？这是怎么做到的？”自由作家偷偷瞟了一眼身边波澜不

惊的众人，因为好像只有自己一个人被蒙在鼓里而红了脸。

“并不算简单。我早些时候让团队的咨询专家与现在仍保有分身机器人的本体进行沟通，直至全部达成同意解除的协议，然后再集中制造触发器的副本，只要等待我宣布的一瞬间，助手触发就好了。”

“获得全部本体的同意难度可想而知啊。”自由作家喃喃自语。

海夕笑了：“同意的原因各不相同，但是好在选择是一致的。”

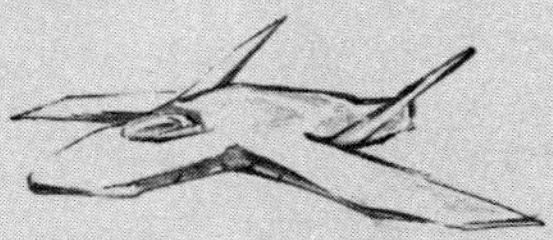

最后

我痛苦地拆卸着自己的零件，他们因年久失修而发出聒噪的声响。在阴暗的光线中，只能勉强看到我身上的铁锈。我将零件也称为“他们”，我觉得两者本质上没有区别，我们都是由金属铸成的。

这里是一间废弃的博物馆。在当今的时代，这种鸡肋的场所早已无人光顾。于是，它顺理成章地成了我——一名接近使用寿命极限的机械人的居所。

我既不是第一个被制造出来的，也不是最先进的机械人，如果真要说点儿什么，我只有一个异于常人的地方。

我是现存唯一一个拥有“破坏”情绪的机械人，这种情绪在我之后已经从中枢程序中删除了。别误会，破坏源于我的使命：负责拆除大型废弃物品。160 多年前，人类工程师发现破坏是一种危险的情绪，所以与我同期的朋友们已经陆续被叫停。我不知道是什么原因和运气让我幸存下来，那是太久远的事情，是太漫长的一生；但是，不管怎样颠沛流离，我确实是完完整整地活到现在了。

絮絮叨叨地说了一堆，其实，我只是想让你们陪我走过我生命中的最后一段时间。是的，我被设置的寿命，还有 10 分钟就要结束了。

我现在坐在嘎吱作响的木地板上，想着一切对我而言都不再重要。身边的展示柜上结满了蜘蛛网，带着几分惨白的盈盈月光从破旧不堪的窗棂中漏进；但我没有感到任何不适。因为这博物馆的后院，是我被制造出来的地方，我也理应在这里度过我生命中的最后一刻。

还有 6 分钟。

我这一生虽然拥有“破坏”能力，但是却没有一次自发的破坏，人们设置好程序，我去执行。我只想安静地过完我这不算快乐的一生。

我扭头看向右边。只有一个破旧的展示柜，柜里是一盏曾经轰动一时的灯。

你能相信吗？我 272 年漫长而平淡的一生中，居然曾经有那么一次不平淡的经历，跟这盏灯有关。那是发生在 150 多年前？抑或是 160 多年前？无所谓，关键是我没有吹牛啊。在我生命的最后 5 分钟里，给你讲讲我的那次传奇经历吧。

彼时，人类和机械人共同拥有这座城市，虽然我们外貌不同、工作不同，但是我们是所有物资和理念的共同拥有者，至少我的制造者是这样告诉我的。他们把这种概念写入我的程序。作为一个已经存在了 100 多年的“破坏”机械人，我不知疲惫，力量无穷，续航能力优于其他机械人。我按照要求进行破坏，例如安全拆除废弃建筑、废弃交通工具。

此刻，我缓缓走在夕阳下的原点大道，这是我每天最爱的时刻，没有工作，没有“破坏”，没有其他人的关注。我低头踩在枯黄的落叶上。跟我同期的破坏机械人已经陆续完成了使命，或者破损，或者老旧，总之，不再具备高效工作的能力；而人类工程师认为没有必要再维修或者重新制造，因为已经有更先进更柔性的机械人可以承担我们的工作，并且“破坏”这种危险的情绪已经从新型机械人的程序中删除。对，“破坏”被认为是一种危险的情绪，想想，我就觉得好笑，当初是谁想出这个主意的呢？没有我们的破坏，如何重建和修整那些建筑呢？

好吧，移除了破坏情绪后，新一代该类型机械人有了温文尔雅的名字——“化解”机械人，真不错，但是，没有我们的名字酷！

话说，工程师为什么意识到破坏情绪是危险的存在呢？大抵因为在机械人的历史上，“破坏”机械人群体中出现了一个名人——机械人反抗军首领 Adam。

300 多名机械人追随 Adam，争取一个机会——拥有所有情感而不只是破坏、治疗、搬运、清洁、保护……

这当然不被允许，因为人类不需要人，只需要机械人；因为这样，每个机械人的制造成本将增加几十倍，甚至几百倍。

原点大道此刻安静祥和，我的钢铁外壳能感受到落日余晖的温度。

Adam 为什么要闹腾呢？下班后什么都不需要想，这不好吗？现在，反抗军已经被镇压，包括 Adam。

总之，我就是那在册的唯一一个破坏机械人了。如果有一天，即我生命终点那一天，我希望一个人在安静的地方再享受一次夕阳的余晖。这样最好。我知道，这一天还太远，依据我的程序设定，起码还有 100 多年吧……

忽然，迎面疾驰来一个高大的身影，略显踉跄但是飞快，是个机械人。显然，他的左边脚踝零件已经破损，但是，他顺着笔直的原点大道朝我冲过来，完全没有要停下的意思。他更近了，借着太阳的点点余晖，我看到他左边的眼睛也已缺失。更近了，他胸前破碎的显示屏上依稀能够辨认出他的名字——Adam。

啊，我感觉心脏要跳出胸口，虽然我的心脏是钢铁的机芯，这种事情也并不可能发生；但它至少在超速运行着。Adam 不是已被回收了吗？人类不是通过和平谈判的方式阻止了反抗军吗？我该拦下他吗？我该帮助他吗？我该做什么？

不容我多想，因为装甲车的轰隆声和无人机的嗡嗡声已经充斥着我的每个神经元。一瞬间，电磁炮精准地击中了 Adam，他轰然倒在我面前。它从未失手。

装甲车疾驰而至，车上冲下一队全副武装的士兵。

Adam 倒在原点大道的黄叶上。我才发现，他已经被炸成了两段。他应该是用最后一点儿能量，伸出左手抓住了我的脚踝，右手奋力举起一盏灯。“传……递……”这是他起伏的一生中说出的最后两个字。

我依然愣在那里，不敢相信眼前的一切。士兵迅速包围过来，几个士兵过来掰开 Adam 残破的左臂，放开了我的脚踝。随后，清洁机械人来到，Adam 的残骸、灯甚至落叶全都快速清理干净了。快到我还完全沉浸在刚刚发生的事情中，对于时间的流逝还完全没有意识的时候，一切就都不见了。

路灯忽然亮起，再次给予我对时间的感知能力。它总是在特定的某个时间亮起，恒定不变。原点大道再一次恢复宁静……

我的生命还有 2 分钟。

现在，我拿起手边的扳手，开始拆卸右腿。脚踝处弯曲时的摩擦力增加了，那是 Adam 最后一握留下的痕迹。我摇摇头，但我脸上没有任何表情，因为我是机械人啊，我在心里苦笑了一下，为什么又是 Adam？

是时候放下了。

还有 1 分 30 秒。

我将扳手换到右手，开始拆卸自己的左手。这个过程痛苦而煎熬，但我想体验一次破坏施于自己的经历。居然莫名地令人兴奋。几颗螺丝掉在地上，随即滚入地板的裂缝中。160 年来，我尝试遗忘那段经历。应该能够做到吧。

还有 1 分钟。

我的左手已经被拆卸完毕，被拿在右手中。

还有 30 秒。

我抬头看着月光。

还有 10 秒。

今晚的月光跟那晚一样皎洁。

我想做点儿什么，在我生命中的最后 10 秒里。

5，4，3，2……

我用右手举起我的左手，穿过破掉的玻璃罩，伸进展示柜里，按下了那盏灯的开关。就在那灯绽放光芒的一瞬间，我闭上了眼睛。然后，我死了。

那天深夜，从一座废弃博物馆里发出刺眼的光，那光足以照亮附近的所有街区。在被照亮的展示柜下方，有一行小字：“破坏之灯，第一次机械人叛乱首领 Adam 手持的标志。”

Adam 会在某个地方感应到我的传递吧。

后记

55 年后，人类社会终于颁布了机械人也可以拥有 16 种情感的条文。不是完全平等，但已经是飞跃。一直不懈努力为机械人争取权利的，是一位名叫 Successor 的医疗机械人。他拥有 Adam 经过改写去除了“破坏”情绪的大脑。那天晚上，废弃博物馆发出的划破夜空的光，唤醒了 Adam，或者说是 Successor 的记忆……想想人类真是有趣，他们一直以为是 Adam 头脑中的破坏情绪作祟，发动了反抗，其实，那是“治愈”情绪的萌芽。Successor 将这种被保留下来的治愈情绪发扬光大，最终让改变发生。

世人当然不会记得“我”，但是没关系。因为最后，是“我”圆满完成了 Adam 交给我的使命。

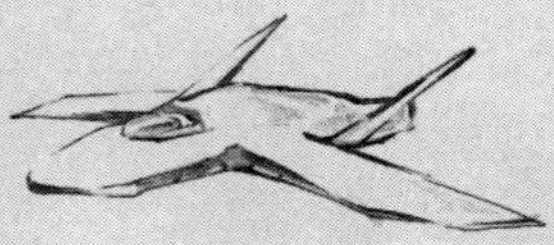

刀疤鯊

（一）

“浪花儿，吃饭了！”

“这就来！”林浪静合上笔记本电脑，快步走到餐桌旁。4 月的涠洲岛的夕阳照进客厅，暖暖的。

“我做了新鲜的蚝仔烙，趁热吃，你们哥俩小时候抢着吃呢！”林妈妈和林浪静忽然停下来。蚝仔烙还在桌上冒着热气，渗进凝固的空气里。虽然林风平已经离开 18 年了，但总是隐隐感觉林风平还在。

“妈，我都是医生了，你还叫我小名，人家听了，以为我是女孩儿呢！”林浪静故作轻松地开着玩笑，想绕开林风平这个伤心的话题。

“就算当了医院院长，也还是我儿子吧？”妈妈略带骄傲地回应，回到厨房里端菜。

“老豆什么时候回来？我难得回涠洲岛一次，等他回来一起吃饭吧。”

“你这个老豆，我一早已经告诉他，你今天回来。过年的时候，你在医院值班没回家，小半年没见啦。叫他留在家里，他偏不听，天没亮，就跟着捕鲎队出海了。听他说，今年人家要的数量大，要研究什么疫苗，但是，每年捕到的越来越少……唉，不知道几时能回来呢，不等他了！”林妈妈赌气地说。

鲎、捕鲎队、哥哥、春天的海滩……林浪静的思绪回到了18年前。

（二）

“哥！你看这只鲎好特别啊。”林家哥俩跟着老豆的捕鲎队在海滩上玩耍，9岁的林浪静招手叫12岁的林风平过来，“它背上有道凸起的痕迹，好像受过伤，像刀疤一样。”

“是撞到礁石上留下的痕迹吧。”哥哥讲得颇有道理。他是浪花儿的偶像，他是班上的学霸，他什么都懂。

“哥，那咱们给它取个名儿，叫刀疤吧。”

“好啊。不过，你的‘刀疤’很快就会被捉走啦。”

“为什么要捉走？它样子丑巴巴的，谁稀罕。”

“它的血是蓝色的，你见到过吧？”哥问浪花儿。

“嗯，见过。蓝血稀罕吗？”

“稀罕啊，它们的蓝血能做试剂，可以检测细菌用呢。老师教的，以后你老哥我要当医生，说不定就是用鲎的血给人检测、治病呢。”

“哥，你肯定行！可是你们别捉走刀疤好吗？它的血被抽走了，它就活不成了啊。”浪花儿记得陪哥哥去卫生所打针的情景，想想都怕。如果是抽血，那不得疼死。浪花儿心想，最好一辈子都不要进医院。不过，哥哥好勇敢啊，他打针都不怕。

“哎，哥，你前天为什么要去卫生所打针啊？”

“发烧了，打了针就好了，没事了。”哥哥黝黑的脸上泛起笑容。哥哥叫林风平，渔民最渴望的就是风平浪静吧，所以林爸爸给哥俩儿取了这个名字。

哥哥低下头，手轻轻扶在浪花儿的肩上安慰他：“刀疤不会因为抽血而死掉的。省城的医生只会抽它三分之一的血，会很小心，然后再把它们放回大海。慢慢地，它的血会再生出来。人也是一样，抽一管血也不会死，多吃点儿好吃的，例如蚝仔烙，就补回来啦。”

浪花儿点点头，他相信哥哥。

成堆的鲎被装车运走，包括刀疤。浪花儿央求老豆一定把刀疤带回来，老豆只说小孩子别捣乱。

“哥帮你看着刀疤，放心吧。”林风平庄严地承诺。

浪花儿放心了。

（三）

过了几天，哥因为反复发烧呕吐又进了卫生所。爸妈让浪花儿看家，不让他去。他以为要分开很久，怕得要命，只是没想到，隔天，老豆就驮着林风平回来了。

哥没事了……吗？浪花儿看着爸妈悲伤的脸不敢问。他也怕知道答案。

那天晚上，爸妈房间的灯彻夜未熄。浪花儿从门缝里看到风平哥通红的脸。

后来，他迷迷糊糊地睡着了。梦里，他跟哥一起在海滩上奔跑、嬉闹，咸咸的海风灌进嘴里。后来，他们找到好多鲎，刀疤也在里面，它回来了……

天刚蒙蒙亮，妈摇醒了浪花儿："我和你老豆带风平哥去省城治病，你看家。晚上，你二叔过来陪你。你要当个乖仔，别乱跑。我们几天就回来。"浪花儿张了张嘴，想说些什么，却在看到妈红肿的双眼后硬生生憋了回去。老豆背起哥，他只能默默拉着哥的手，一路跟着他们到了村口。他附在哥的耳旁，小声说："哥，你快点儿回来，记得带刀疤一起回来啊。"从昨天就一直沉睡的哥，忽然动了动眼皮。浪花儿看到了，哥一定是答应了。

一个星期后，爸妈回来了，但哥再也没回来。已经一万次的梦里，浪花儿跟哥一起在海滩上奔跑、嬉闹，咸咸的海风灌进嘴里。

林浪静醒了，从床上坐起来，舌头舔着口腔内壁。原来是咸涩的眼泪。

一个月后的一天，老豆默不作声地拉着浪花儿到捕鲎的海滩上。在那里，是成堆被抽血后放生回大海的鲎。浪花儿寻找，拼命地寻找，太阳给海面镀了一层金色，但是刀疤不在那里。

“你风平哥说它的血有用。放养它两年，还能再抽，没差的。别嫌它难看，有了它的血，你风平哥的那个脑炎以后兴许都能救。”沉默了大半天的老豆对着林浪静说了此番话。

啊，老豆流泪了吗？浪花儿看到了。那天，林浪静才知道哥哥是因为脑炎离开的。那天，林浪静才想起哥告诉他，鲎的血能检测病菌，脑炎的病菌都能测出来。

“刀疤一定是跟着哥一起走的，它想陪着哥。”

从那一刻开始，林浪静下定决心要成为一名省城里的医生。救活哥，放生鲎。

（四）

时间是冲淡伤悲的良药吗？那为什么10年过去了，浪花儿在收到医科大学录取通知书的时候，哥把手扶在浪花儿肩上，哥在村口动动眼皮的情景就像昨天那样清晰？

“跟他哥当年一样聪明。”村里的老人时不时会说起这句话。

林浪静多想跟哥一样聪明啊，他想知道谁才是地球的主人。鲎已经在地球上存活了4.5亿年，它的蓝血能够检测出病人血液中的某种细菌，帮助医生对症下药，进行医治。所以它们就要被年复一年地捕捉、抽血，永远留在实验室里，或者侥幸被放归，存活。

林浪静多想跟哥一样聪明啊，他想知道能不能研制出其他的替代检测剂，这样也许能改变鲎的命运……

9 岁之后的每年春天，林浪静都会跟着老豆的捕鲎队去出海，直到他离开家乡上大学。老豆他们捕到的鲎越来越少，林浪静的内心有说不出的滋味。

“我回来啦。”林妈妈和林浪静循声回头，原来是老豆。

“总算赶得上吃晚饭，浪花儿等你半天了。我去把蚝仔烙热一下。”林妈妈笑着进了厨房，留下他和爸爸。

“林医生回家啦！”老豆笑着望向他，开着玩笑。

“……老豆啊！”林浪静扶着爸瘦削的肩膀，发现自己已经比他高了大半个头，“今年捕鲎收成怎样？”

“先不说这些，先吃饭！”林妈妈从厨房探出头来。

“鲎是越来越少，我也越来越老，收成当然不怎么样，哈哈。”林爸爸略带尴尬地笑着。

“老豆，这次回来就是想告诉你，我准备一边工作，一边读博士，”林浪静指了指书桌上的笔记本电脑，“博士研究方向也选好了——研究鲎的蓝血，研制出它的替代试剂。也许不远的将来，老豆就不用出海捕鲎啦，刀疤的后代们也可以安然生存在地球上。”

“我的乖仔，那敢情好，我宁可‘失业’啦！”

一家人都笑起来，此时此刻，是风平浪静的海。